U0122882

施友朋 著

野外春曉

目錄

開篇

莫不如此，應該如此，只能如此！——《野外春曉》自序 I

藝文小扎

豉油畫勾起的回憶與胡思 3
傳記難寫　創意更難求 10
手按鍵盤氣自華？——「詩壇芙蓉」VS. 詩歌丟了 17
易中天　蘿蔔史學闖江湖 23
讀書不成，豬年狂想 30
小説優劣憑誰問？ 39
書房布置與創新遊戲 44
小題大做的「張愛玲熱話」........50
作家通病與脱貧策略 56
暢銷書作家脱貧傳奇 61
文學依然魅力十足 67
一些人，一些事 73
怎麼寫一篇精采的散文 80
詩即生活　可以感動人心 83
《亂世佳人》七十年紀念 88

都市生活

手機‧廢話‧隨想......96
網絡文字‧符號天書......101
讀書人少　寫書人多......108
御宅族‧寄生族‧隱閉青年......113
我的博客情緣......119
答「港人無禮」辯......124
快活休閒工作狂......130
「機」不可失　廢話「字」說......136
男人，你別無選擇！......141
讀得快就好世界？——資訊泛濫的省思......146
情人節——最不宜偷情！......151
好男人與好文字都難求......156
偷拍閒想......162
城市人的忙與閒......167

生活隨筆

美食回憶與食物境界......177
雞蛋雜說：百變娘子味不同......181
無論如何應該教書......186
貪令智昏　君子制慾先淡紅塵......191
哭泣文化多面看......196
父親情懷怎會苦？......202
髒話‧馬桶‧廁神——屎有所聞的遐想......208
閱讀國民　閒話性格......214
寥落江湖一蹄印——閒話江湖......220

消愁解恨，到咖啡館去！ 226
我的浪漫愛情觀 231
春暖花開說愛情 236
新聞· 小說· 現實——一則「社會新聞」的浮想 241
故事變局說弔詭 248
過年的心情 253
慾望如梅花　愈冷愈開放 259
挖鼻史的隨想——並寄語當年車廂挖鼻的大佬 264
人間煙火· 市井氣及其他 270

都市色相

戀視男 279
男人之苦 282
氣吞山河，肥死就肥死！ 284
姣不得其時 289
壯男當自強 291
如何愛上潘金蓮這淫婦 293

結語

追憶與蔡詩人共事的點點滴滴 301

開篇

莫不如此，應該如此，只能如此！
——《野外春曉》自序

散文真的是可以無所不談嗎？這是台大中文系教授唐捐在一篇短文提出的詰問，收在黃麗群主編的《九歌 109 年散文選》。文章只有七百多字，但說出了散文並不是「我手寫我口」，無所不談。這裡不涉及一篇「好散文」在結構的無比穩定，修辭要如何華麗或簡要精準等，而是講認真處理「我」，是否就能真心話大放送？

唐捐這一問真絕。所謂「為文貴乎真」，然而，作家下筆，即使筆走龍蛇如傾江倒湖，可是有些話還是「未曾講」、「不想講」甚至「不能講」！唐捐文末說：在以「厭世」相標榜的時代裡，果於揭露隱密傷痛者居多，且其中不乏晶瑩與魔魅。

但說真的，文學並不僅僅在比賽痛苦的指數，敢說的程度。有時心事如麻，卻只能閃爍其辭，布置一些暗碼；或者萬千冤讎相集，踟躕猶豫，終於「一字不曾說」。這樣，或許，也挺美的吧。經唐捐一說，我細思良久，忽有所悟，人的心這麼複雜，怎可能「讀其書」就「知其人」？活到這把年紀，才想到這個「文如其人」並不完全靠譜，也真的魯鈍極了！

臺靜農先生說有一位前輩早年在上海寫文章。曾說「視執筆為文，寧擔大糞」:「這好像是名士語，不然！他真說透了寫文章難，難的不是為讀者，而是對自己的要求。」這幾句是董橋先生於《文林回想錄》回憶臺先生的幾句話。我賣文大半世紀，感受殊深，也許執筆為文，之所以難而寧擔大糞，不是「腦便秘」而是「不想向人言」或者是「不敢向人言」！大道多歧，做人實難。

像我這樣的一個寫字工人，塗鴉都為稻粱謀，若然視執筆為文為苦差，根本談不上「餓死老婆瘟臭屋」，皆因早就餓死自己，何來能力娶妻育兒！這麼多年，在報上寫專欄，也為文學雜誌寫些雜文，與其說「抒情寫意」，東拉西扯談些日常生活的點點滴滴，卑之無甚高論，最主要都是騙幾文稿費，並沒有心思要留下甚麼「印記」，又自以為有甚麼大道理值得人家欣賞，是以寫過就算。畢竟，一生平凡，毫無「跌宕起伏」

嘅經歷，也沒有「一字不曾說」的踟躕，飲食男女，人之大欲存焉，如此而已。

不過，畢竟胡亂買書胡亂翻書了這麼多年，至今一把年紀，依然隔一段日子都會上書店，看看有甚麼好書出版，潛意識雖然叫自己盡量抑制，陋室已容不下多一個書櫃，可是每次都不會空手而回，積聚的書一堆堆如山，是否也有「書似青山常亂疊，燈如紅豆最相思」的雅逸情趣？像我這樣一個俗人，當然無！事實上，書都未曾經我讀，一堆如山常驚塌！以為「退休」後可以「補讀」，其實日子又是一天天的過去，新買來的書堆積得太多，哪有時間去翻以前買下的那許多書本、雜誌？

說起書，我很佩服那些生產力驚人的作家，他們寫得又快又好，認真犀利！有些作家即使在寫完一本小說後，呻幾句寫得嘔心瀝血，幾乎不想做人，寫完後要若干時間才可「回魂」，之不過，很快又見他們推出厚厚一本新作！我相信，有些人是天生食作家這碗飯的！

有時候，在一些文人聚會，碰到年輕作家，他們客氣，會叫我這「前輩指教」，儘管明知是客套說話，我總是尷尬得不知如何回應，阿哥！人家事業有成，業餘寫作都輕輕鬆鬆寫了五、六十本書，可謂「著作等身」，而自己這樣一把年紀，

也不過出了四本雜文，而且全靠長輩好友推薦，又有藝發局贊助，否則至今老朽依然只能做過「空頭」作家！真係講起都汗顏！

有了自己的書，白紙黑字，自家又不免「悔其少作」，總是覺得寫得太差太急就章；如今靜下來，細味學長、文壇前輩們的文章，每看到精采動人處，都要掩卷細想回味感慨：這才是好散文！朱少璋先生於《消寒帖》的〈楔子：謝靈運等待果陀〉所揭示：文人筆底下的等、待、候、盼、望、遲，強調的不外是一絲不帶強求的企慕或牽念，對人對物，莫不如此，應該如此；也實在——只能如此。

旨哉斯言！文章真要去到「也實在——只能如此」那是何等境界？

我有自知之明，只是上天厚好，為文向來大意粗疏，今竟有好事之徒——初文出版社社長黎漢傑又為老朽申請了一本散文集《野外春曉》，集內文章又是他上天下地搜尋而來的居多，也實在，「只能如此」就有了自己的第五本雜文！感謝藝展局評審員不棄！老朽除了感恩，也再沒有一絲強求！上天厚好，也實在，只能如此。

藝文小扎

豉油畫勾起的回憶與胡思

朋友的微信，常有精采的貼文；這趟有篇關於國寶級畫家黃永玉（1924-），略述他的人生觀：人要活得有意思一點，不要去做個這樣的人物，做個那樣的人物，費事。對待我們眼前的生活，要活的好一點。

活在當下，求的就是適然。一個人的藝術成就，去到黃永玉這個級數，不就是如詩人余光中（1928-2017）所說：即隨地吐痰／也吐出一道虹來！黃永玉即使蒙着眼，隨風飄動在宣紙上潑墨，也潑出曠世不朽畫作！論者指他從來不被盛名捆綁，活得又真又有趣，真是高見！一如眾人皆知「阿媽係女人」，試問他還要追求甚麼「盛名」？

介紹黃永玉這位藝壇大師，有稱他是「土豪」！九十多歲住豪宅，開火紅色法拉利跑車兜風，是以又稱他為「浪蕩」畫家！

大師出生於湖南省常德縣，祖籍凰凰縣城；父母親都

當過小學校長，屬書香門第，他從小就被藝術薰陶。可惜戰亂，過着走難生涯，唸了兩年初中，十二歲已外出謀生，流落到安徽、福建山區小瓷作坊做童工，後來輾轉到上海、台灣和香港。

走筆至此，我應該入「正題」，八十年代，我肯定在佐敦裕華國貨旁見過黃永玉！那時他應該剛過花甲吧！一個人坐在矮板凳上，靠着一間銀行嘅外牆，地上擺了一列畫作，大概也有十多張，記憶中沒甚麼色彩，都是水墨畫，黑黝黝的不搶眼，有他擅長的呆萌貓頭鷹、幾隻鶴卓立於芒草水邊、還有一些漫畫式的畫作如老鼠之類，我那時住在廟街附近的舊式大廈，經過，就站在一旁瞅瞅，沒甚麼用心，反正覺得在街邊賣的都是一般風景「行貨」！但見他默不作聲，頭上一頂毯帽，就坐在那裡，神情寂寞！路人也是急急而過，根本沒有人注意，反而有時在這裡攞賣舊書雜誌的，要是有一小堆「鹹濕」雜誌，封面女郎波大籮圓（豐乳肥臀），總能吸引一些後生小子或阿伯駐足觀看！

寫了這一小段，你應該知道我是在懺悔吧！平時就是個草包，根本沒有一點藝術修養，否則，對着那線條獨特，造相怪趣的貓頭鷹，好歹三十塊錢買幅回去掛在陋室，今天不就改變一生了嗎？還用賣文求生？窮買六合彩祈求上

天憐憫賜我一夜暴富嗎？

四十多年前的往事已如煙！

今年年初，讀到「老總書房」、也是香港藏書名家鄭明仁寫的〈黃永玉記掛住的豉油畫〉！事件發生於上世紀四十年代香港灣仔道的美利堅餐廳，勾起我八十年代街頭見過黃永玉賣畫的軼事！不知道老人仍有印象否？

鄭明仁把這幅豉油畫的來龍去脈寫得情景動人，煞是好看！老總開筆就道出該幅獨一無二的豉油畫，只有一張A4紙大小，是黃永玉即席在餐廳用餐桌上的豉油作顏料塗在白紙上，幾條熱帶魚便活靈活現，當年的塗鴉之作，現已成為珍品。

説來倒頗曲折離奇。話説當年某天黃永玉約了查良鏞和梁羽生到美利堅餐廳吃飯，他們是大公報同事，吃完要找數，幾個大男人才發覺沒帶錢，情急之下唯有打電話給葉靈鳳求助，當時葉靈鳳正在附近的《星島日報》上班。等候期間黃永玉閒着，便拿起一張白紙對着餐廳金魚缸的魚群速寫起來，三幾筆便把幾條熱帶魚畫得栩栩如生，再用餐桌上的豉油塗色，一幅獨一無二的豉油畫由此誕生。葉靈鳳匆匆從報館走來美利堅埋單，黃永玉把剛才的塗鴉當做畫稿交給葉靈鳳拿去發表，並笑言今次當作預支稿費好了！

黃永玉於二〇一八年接受央視名嘴董卿訪問時說，數年後他在香港開畫展，有一個人拿了這幅畫給他看，叫他簽個名，黃永玉照做並有一則補記略述此畫之由來，時維一九八六年春。如此一補，令此豉油畫更具歷史價值。這畫原稿，原來葉靈鳳發表後，將它送給畫家王蒙田，若干年後，黃蒙田又將它送給香港鑪峰雅集會長羅琅。鄭明仁說他也是從羅琅那裡得知這個贈畫故事。

據悉，豉油畫幾年前仍鑲嵌在鏡框裡掛在羅琅家的客廳，記得有一日羅琅叫鄭明仁向香港蘇富比拍賣行張超群打探有沒有興趣把豉油畫拿去拍賣，鄭老總覺得這幅小品的成交價不會太高，於是建議羅琅還是放在身邊留個紀念吧！

然而，漸漸大家把此事忘記了！迨至近年，羅琅失聯！鑪峰雅集沒有人可以找到他，即使連街坊兼老朋友梅子先生（《城市文藝》總編輯）也沒有其消息。我問梅子，他也說只知羅琅入了老人院，但不知哪一家，原先的電話也打不通了，無法探望；鄭明仁只惆悵：羅先生已離開北角健康村舊居，不知此豉油畫仍然掛在其廳否？

看來，這幅豉油畫或淪為「懸案」，只供後來文人茶餘飯後笑談！當然，還留下一抹淡淡哀愁！像羅琅那樣熱心

香港文學，對人那樣熱情，即使後輩如我，他也慇勤約稿，從沒有一絲架子，出版的書，也一再寄給我，並叫我「指教」，雖明知是客套說話，也實在令我愧不敢當，深感前輩做人的「分守」，實在值得學習！

最近讀董橋先生的《文林回想錄》，董先生回想在《明報》金庸身邊做事，也數度提到如何學到「做人分守」，並說金庸這樣一個木訥的人令他有點感動：學問那麼好的人原來可以擁有不太說話的權利。我也在金庸年代，董先生做社長時在《明報》當過校對、小編十年，對董先生的話，如今回想起來特別親切！可惜我這人不學無術，平白錯過許多學做人、求學問的方寸和竅門！無論如何，董先生這本文林回想，倒勾起我許多美好的回憶，先生的自序，幾句話已經說盡老朽心事：「文字結緣，命裡注定，每每回想，心生歡喜，也生惆悵。聚散無常，謦欬苦短，忘年的深交一個轉身竟成追憶，能不悵惘？」

有文友說：縱使文章驚海內，紙上蒼生而已！真是看透「文章千古事，得失寸心知」的玄機！作為一個尋常文字工作者如老朽者流，寫字都為稻粱謀，還有甚麼值得一哂？

做文人，敢問有幾多人可以如黃永玉這樣的大師、國寶，九十多歲仍駕駛火紅法拉利，呼嘯着風，把速度掌握在

自己雙手，從來沒有想過要收狂向禪，當年年青時的一幅隨意豉油畫，道盡其一生真狂有才，活出真趣，「浪蕩畫家」豈可強求哉？即使是「土豪」，也叫人另眼相看！

做人如何有「分守」而深得修養之涵義和如何「浪蕩」而不令人討厭，反覺其傲然不凡；當中如何拿捏，老朽這把年紀，倒也糊塗起來！果然，有些事根本不必說，有些人你也學不來！

滾滾紅塵，人生最後，圖的不過「好死」兩字。

王國維説：書成付與爐中火，了卻人間是與非。思之淒然，味之恬然。

——匆匆於二〇二一年十月十一日夜　野村

黃永玉九十多歲仍然開火紅色法拉利跑車兜風

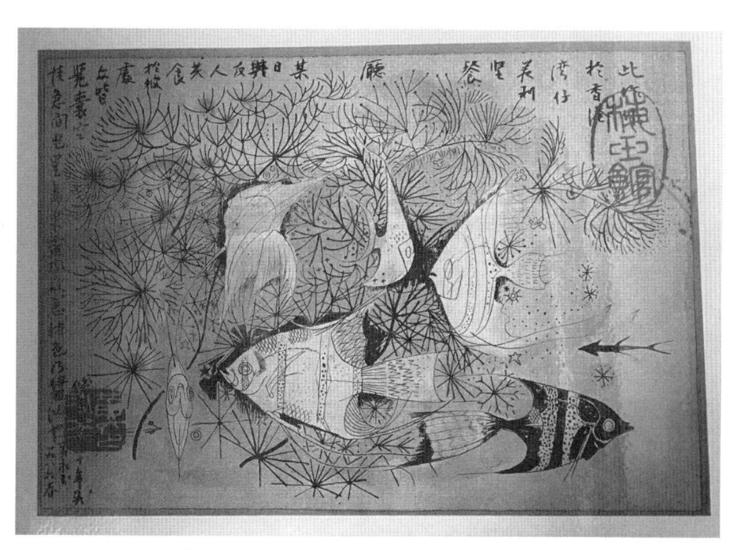

黃永玉仍然記掛念的豉油畫

傳記難寫　創意更難求

傳記難寫皆因人性叵測多變，加上傳記作者的主觀愛好，要「判斷」公允，真是談何容易，此外，在闡述過程「加鹽加醋」，難免如美國史學名家芭芭拉．塔奇曼（Barbara Tuchman）於《甚麼是歷史？》（*What is History?*）所指出的：闡釋的過程必將產生「荒誕的謬誤」。述奇有餘，實錄不足，乃評論人物的通病，即使名家，亦常有不察。

近讀《夏志清文學評論集》（聯合文學）感受殊深。夏教授學術地位崇然，雄霸文學批評重鎮，真正的一言九鼎，他在〈曹禺訪哥大紀實——兼評《北京人》〉一文，提供了不少「文人相輕」的場面，他論老舍，有這麼一段：

> 老舍自殺，給人家說成烈士。其實「解放」之後，他一直是個歌功頌德的媚共作家，比郭沫若好不了多少。老舍吃虧在非黨員，成名前在英國教中文，勝利後

> 跑了一趟美國，誤為紅衛兵所鬥。假如未遭鬥爭，他也會像郭沫若一樣，大拍江青娘娘的馬屁的。反正人生如戲，當丑角多編些謊話，又有甚麼關係？

如此推斷的「想當然」，這樣「抓住要點，淡化其餘」不危險嗎？

魯迅於《且介亭雜文二集》有一段談及陶淵明，指詩人「悠然見南山」的灑脱飄逸外，也還有「精衛銜微木，將以填滄海，刑天舞干戚，猛志固常在」的金剛怒目式；他更快人快語地謂：譬如勇士，也戰鬥，也休息，也飲食，自然也性交，如果只取他末一點，畫起像來，掛在妓院裡，尊為性交大師，那當然也不能説是毫無根據的，然而，豈不冤哉！

魯迅自己的形象又如何？趙白生《傳記文學理論》(北京大學出版社）有則生動的例子；魯迅不是一個單面的人，忽而愛人，忽而憎人，有時為己，有時為人。正是由於魯迅性格的複雜性，這就導致了魯迅形象的多樣性。茅盾於二十年代後期寫的《魯迅論》裡，就試圖回答「魯迅是怎樣的一個人呢」這個問題。他摘錄了三篇有特點的魯迅印象記，一篇是小學生馬玨的；一篇是曙天女士的；一篇是大學教授陳源的。這三個人的魯迅印象可説是南轅北轍，茅

盾如此總結：

在小學生看來，魯迅是意外地不漂亮，不活潑，又老又呆板；在一位女士看來，魯迅是意外地並不「沉悶而勇猛」，愛說笑話，然則自己不笑；在一位大學教授看來，魯迅「很可以表出一個官僚的神情來」——官僚，不是久已成為可厭的代名詞麼？

除了茅盾，還有李長之在《魯迅批判》中，認為魯迅不夠一個思想家，只是一個戰士，因為他沒有哲學的頭腦，沒有理論上建設的能力；魯迅是一個詩人。他在靈魂的深處，儘管粗疏、枯燥、荒涼、黑暗、脆弱、多疑、善怒。然而，這一切無礙於他是一個永久的詩人，和一個時代的戰士。李長之的《魯迅批判》出版十五年之後，一九五〇年，他認為有許多不妥，自己寫了一篇〈《魯迅批判》的自我批判〉，否定了自己的許多觀點（詳情可參考伍杰、王鴻雁編的《李長之書評》第一冊，河北教育出版社）。姜德明的《書味集》提到的魯迅軼事，其中亦多扮演着「戰士」的角色。要為魯迅定位，看來並不容易；趙白生說：「平民化」的魯迅、「分裂」的魯迅、「呆板」的魯迅、「滑稽」的魯迅、「官僚」的魯迅、「老孩子」的魯迅、「詩人」的魯迅，全被「戰士」的魯迅打跑了。

「想像」太容易了，可是，若其成份不是建基於堅實的文獻，如書信、日記、回憶錄等，便不容易站得住腳；光靠修辭的點綴，徒增其虛假。個人的印象式批評，尤其「一句定江山」式的武斷，即使德高望重的高手，亦令人難以接受。好像《李澤厚近年答問錄》內收〈關於「玩學問」〉一章，李澤厚與陳明的對談，李說：做學問如同做大生意一樣，需要有膽有識。有的人是有膽無識，像劉曉波，膽子是很大，但沒有見識，只能張狂於一時，過後灰飛煙滅。有的人是有識無膽，因此能搞出一些小學問，這個比有膽無識還是要好一些。有的人是無膽無識，滔滔者天下皆是也！陳寅恪，就是有膽有識。但我認為陳寅恪不如王國維，錢鍾書不如陳寅恪。……我不知道李澤厚是如何比較出來的，王國維、陳寅恪、錢鍾書三位大師級的書，他真的全讀通了？他們的學養，李澤厚全都掌握並了然於胸？否則如何比較？再說，三人的學術、專業、研究亦不盡相同，類別迥異，比較又從何入手？一錘定音，憑「我走自己的路」——行得通嗎？這類比較票選，從來都是吃力不討好。先前，一個經一百二十萬網友推崇的十名國學大師從五十位候選人中產生。「十大國學大師」按得票高低分別是：王國維、錢鍾書、胡適、魯迅、梁啟超、蔡元培、章太炎、陳寅恪、

郭沫若和馮友蘭。王國維居十大之首便引來很大的爭議。

我年紀愈大，多看兩本書，對人性的善變複雜，益發覺得迷惘。學問高低，天秤在哪裡？蘇友貞《禁錮在德黑蘭的洛麗塔》內收〈張愛玲怕誰？〉一文，提到張愛玲對西方通俗小說的興趣反而高過經典之作，更常——無忌諱地讀所謂的垃圾文學。在一封寫給宋淇的信中，張愛玲提到《半生緣》其實是根據美國作家馬昆德（John Marquand）的《普漢先生》（*H. P. Pulham, Esquire*）一書所改寫。蘇友貞指以上發現沒有受到太多注意，這疏漏未知是否和馬昆德在西方文壇的地位有關；也許有人不太能面對張愛玲居然會取材於一個不入流的美國作家的事實。

蘇友貞說得好：其實就算《普漢先生》只是一部垃圾文學，它也能提供一個研究張愛玲如何化腐朽為神奇的契機。張愛玲素以借用其他文學作品中的「細節」著稱，但她的《半生緣》不但在細節上大量地借用了《普漢先生》，更出乎尋常地全本沿用了該書的基本情節與人物。蘇友貞深得逆向思考的精髓，她說《半生緣》許多她喜愛的段落，竟都不是張愛玲的原創。失望之情自是難免。不過從另一個角度來看，張愛玲可以把這些來自一部英文小說裡的句子，毫無痕跡地鋪陳在她絕對是中國情調的小說中，反而該是她

才情的另一個注腳了。要我多說一句，那就是天下文章一大偷，偷得好，就是藝術。

這世上，哪來這麼多原創？能點鐵成金，化腐朽為神奇，偷得好已可晉身名師，指東點西，面不紅氣不喘的登高一呼：當今文壇，只剩我這枝神筆矣！當然，閣下慾火焚身，要看一些下三濫的色情小說，我會原諒你暫時失卻高潔冰清的靈魂，正如我丟了門匙，我會歌頌「開鎖佬」多過謳歌詩人。

蘇友貞《禁錮在德黑蘭的洛麗塔》說《半生緣》許多她喜愛的段落，竟都不是張愛玲的原創。

趙白生《傳記文學理論》指出魯迅不是一個單面的人，他忽而愛人，忽而憎人，有時為己，有時為人。

手按鍵盤氣自華？——
「詩壇芙蓉」VS. 詩歌丟了

要不是看了《新周刊》十月十五號的專題——「中國，我的詩歌丟了！」，在這個沒有詩人或人人都是詩人的國度，真不知道內地過去一年，詩壇熱鬧得這麼好玩，尤其國家一級女詩人趙麗華被網民惡搞成名，被戲稱為「詩壇芙蓉姐姐」，許多網友模仿她的「直白派」詩歌而加以嘲笑。

趙麗華銜頭顯赫，曾在《人民文學》、《詩刊》、《詩選刊》等各大報刊發表大量作品。作品收錄各個詩歌選本。二○○一年先後擔任全國文學最高獎「魯迅文學獎」詩歌獎評委、全國「探索詩」大獎賽評委等；個人榮獲無數新詩大賽金獎等。出版個人詩專集《趙麗華詩選》、《我將側身走過》、《中國實力女詩人六人集》等；主編《中國詩選》、《中國女詩人合集》等。照常理推測，她的詩，即使未能以一管詩筆，支撐起人生的一片風景，起碼也可以駐足閒看一抹夕陽

吧？試看「詩壇芙蓉」這首〈傻瓜燈——我堅決不能容忍〉：

我堅決不能容忍／那些／在公共場所／的衛生間／大便後／不沖刷／便池／的人

如此「直白詩」，難怪網民調侃：「拜讀／大作／循聲／而來／驚為／天人／原來，／我也可以／寫／詩」。

趙麗華的詩，被惡搞圍攻，甚至有以「手淫」挖苦其嘩眾取寵，當然，也有幾聲「勤王」的迴響，像藝術家艾未未力挺趙麗華：我不說趙麗華的詩是好詩，但你不能說它不是詩，狗屁詩也是詩！艾未未的慷慨，使人感到在一個詩意喪失的消費年代奢談詩，未免不合時宜；我想起美國黑色幽默派代表大師庫爾特．馮內古特（Kurt Vonnegut, 1922-2007）的一段話：如果你真想傷害你的父母，但天生又當不了同性戀，你至少還有個辦法：投奔藝術。我不是在開玩笑。藝術不是養家餬口之道，是一種讓生命變得更可以承受的非常人道的方式。老天，玩藝術不管玩得好或爛，都能讓你的靈魂成長。邊洗澡邊唱歌。跟着廣播跳舞。講故事。給朋友寫首詩——即使是爛詩，盡可能地做好，你就會得到巨大的回報，你已經有所創造了。

馮內古特的創造妙論使我驚覺：白話詩發展至今已八十九年（胡適一九一七年二月一日的《新青年》發表白話詩八首），新詩的論戰至今依然火力威猛，詩人的分門別派比武當少林爭奪武林聖火令更刺激過癮——「詩人」這行業既多且雜，分類奇怪而迷離：像朦朧詩人、莽漢詩人、美女詩人、知識分子詩人、學院派詩人、草根派詩人、工人派詩人、城市派代表詩人、口語詩人、下半身詩人、粗口詩人、馬經詩人、廢話詩人……分工之細，令人驚嘆，彷彿一為詩人，霎時搖身變成齊天大聖，拔一根毫毛就化身七七四十九個可驚天地泣鬼神的詩人！

林琴南（1852-1924）對胡適提倡白話詩深痛惡絕，他在《例言》中有這麼一段話：

> 邇來妄人，耳未聞四始六義，目未睹兩漢三唐，略習歐文，輒欲破壞國粹，以無聲無韻之通俗語，每句提行，靦然自號詩。噫嗟，吾不知地球萬國，亦嘗有此讀不成聲之詩否也。顏厚至此，尚何言哉！吾將以是編為毛瑟之槍，從諸同志鼓而逐之。

老先生火猛力足，誓死捍衛舊詩的精神情見乎詞，要

舉「毛瑟之槍」糾黨傷人。大佬，只不過是寫詩，何苦要風刀霜劍嚴相逼？杜琪峰拍的黑社會電影都說「江湖路冷，槍火有情」，難道寫詩變得高危，詩人都被拒絕投保（順便一提，鄙人寫詩的筆名叫「九把槍」）？內地「二〇〇五年年度桂冠詩人」梁小斌指稱：詩歌是溫柔的，但捍衛詩歌的立場卻是凶悍的。看來這話有道理。一九八〇年，他發表了名詩〈中國，我的鑰匙丟了〉；二十六年後的今天，《新周刊》主編巧妙地改成：〈中國，我的詩歌丟了〉。韓寒這小子有王朔的風範，「我是流氓我怕誰」，他直指「詩人本身就有點神經質，再玩下去就要變成神經病了」，梁小斌認同韓寒的話，並謂：我們愛詩，但不愛寫出這些詩的背後，那個人的瘋癲和艱辛。《新周刊》申而論之：中國，我的詩歌丟了。物質豐盛，人心貧瘠，現在我們要努力適應一億多人患有各種精神障礙病的漢語世界。

不要告訴我你不懂詩，除非你咬牙切齒證明自己是「正常」人。網上評論趙麗華竭力模仿美國著名詩人威廉斯的風格：只寫具體事物，不談思想，盡量使用日常口語，反對雕琢和修飾，杜絕典故和隱喻。威廉斯被認為是「直白派」的大師，其詩平白如話，講究剪裁和內容的提煉，運用象徵和意象，充滿濃郁的生活氣息，畫面感非常強。趙麗華是最

蹩腳的模仿者之一，實在是因為，要寫威廉斯那種風格的詩，並不比寫五言絕句容易。趙在用一種令人噁心的方式糟蹋「直白派」詩歌藝術。

直白詩與散文詩之所以難寫，主要是語言的不易拿捏，便露出淺薄無知，泰戈爾的散文詩便白得意象繁複，境界深遠，像「世界上最遠的距離不是天涯，而是我站在你面前，你卻不知道我愛你」；《南都周刊》主編陳朝華九五年告別詩壇，他的詩透露不寫詩的澄明心境：

兄弟，這些年，這樣的日子／所謂的理想與激情都是隱私／我已經習慣在繁華中消失／用一張張報紙隔離身體的孤獨／兄弟，請容忍我從你們的視線淡出這些年，這樣的日子／我已經不習慣舞文弄墨長歌當哭／即使看見和尚走上情侶路／也無法把我的鬱悶超度。

當寫詩變成娛樂與遊戲——二〇〇六年九月三十日推出的「手按鍵盤氣自華」詩歌生成電腦軟件，你只要按次序輸入一系列名詞、動詞、形容詞、副詞，再隨意輸入突然心血湧現的意象：如放屁、過一把癮就飛、愛你恨你不一而足，然後一按「作詩」，一首像樣的詩就跳彈出來，據悉

作詩機作出來的詩，甚至比「詩壇芙蓉」的詩更像詩。詩人，你還會為一句詩苦吟嗎？會「兩句三年得，一吟雙淚流」嗎？李白斗酒詩百篇，有甚麼了不起，老子一按鍵，一天的詩作二三千首，你大詩人可要寫一輩子喲，嘻，老子可不會再為一句詩撚斷幾根鬚，我更懶得與你爭辯國家級詩人的「直白詩」是否白得蒼涼抑或白得比白流蘇好看，手按鍵盤氣自華，我是多產詩人我怕誰？單是研究我的身分分類，已足夠你挑燈夜思苦苦搜尋寫好幾篇博士論文。

易中天　蘿蔔史學闖江湖

學者走出書齋主持電視節目——搖身變成「學術明星」——名利雙收——「粉絲」崇拜者無數——網上、江湖上開始有許多傳說……

本年度最具爭議的「文化明星」當推廈門大學的易中天教授（1947-）。年近六十的易中天是傳媒、出版、學術界真正的「紅不讓」。去年四月，他在中央電視台《百家講壇》開講「漢代風雲」，妙語連珠的說史風格，特引人入勝，據悉，易中天的「三國」系列將持續一年，他可能成為《百家講壇》「開講」時間最長的學者。最近，他在「新浪博客」答某媒體，謙卑中透着幾分傲骨：我的節目原本是根大蘿蔔。蘿蔔的特點是：草根，多少有些營養，怎麼吃都行，甚麼人都能吃，說得好聽就叫「雅俗共賞」。這根蘿蔔在肉窩裡煮過，現在端了出來。有人說好吃，有人說不好吃，有人只吃到蘿蔔，有人品出了肉味，都很正常。如果不喜歡，完全可

以改吃別的。《百家講壇》的廚房裡還有白菜、扁豆、黃瓜，甚至西洋參，儘管選擇，甚至不妨換一家餐館。蘿蔔不會有意見，菜農也不會着急。「城中桃李愁風雨，春在溪頭薺菜花」，如此而已。

以上一小段已盡顯易中天「說書」的味道與本領，易中天善於品評歷史人物，通過他生動有趣、旁徵博引、譬如連類、幽默談吐，火速虜獲一大批十三至二十九歲的讀者和觀眾。譬如連類是他的強項，易中天稱自己是「文化的流寇主義者」，他涉獵歷史、心理學、人類學、美學……是以他不僅《品三國》、品漢代風雲人物、品人、閒話中國人之餘再談中國的男人和女人，品後又炮製讀城記，又大話方言，又談美學！漪矣盛哉！

易教授的智者形象當真是誰可替代？他把自己譬喻為「肉窩裡煮過的蘿蔔」，不是很精彩嗎？他不必用誇張法：五百年內，品評三國歷史人物最精彩獨到的前三名是易中天！易中天！易中天！他只引用宋．辛棄疾的兩句詩，境界全出矣！薺菜有超乎尋常的生命力，在北方一望無垠的麥田裡，每到農曆二月底三月初，薺菜就綻開了美麗的白色小花，飄散出一陣陣的清香，讓人流連忘返，產生強烈的飲食慾望。再說，薺菜的吃法可拌可炒、可燴可湯，用來

包水餃，即使沒有肉，熱騰騰的咬一口，你也會情不自禁的喝一聲彩：鮮！《名醫別錄》並有記載：「薺菜，甘溫無毒，和脾利水，止血明目」，可見它還是一味良藥——具解毒清熱、涼血止血、明目降壓之效，民諺「到了三月三，薺菜當靈丹」。明乎此，不沏壺好茶，恭候易老師《品三國》人物，可是你自己的損失喲！

新華網上的傳言：在易中天之前，只有二月河曾通過出文集拿到過四百萬版稅，易中天只是一本《品三國》就達到五百萬版稅；若然，無論是無底價競標還是炒作，易教授可說是靠三國致富第一人，比余華靠《兄弟》技勝一籌！比余秋雨的《文化苦旅》也輕鬆得多。時也命也？我是相信改好名的，如日「中天」和愁煞的「秋雨」，中天明顯贏了形勢，此非戰之罪。張五常說：知識幫助生產，市場於是就獎勵知識。張五常最近又為文指出只要找到新奇例子，一舉成名並不難。易中天善用新奇例子，這在他的著作中俯拾皆是：在〈我的歷史觀〉一文，他便舉了「三節兩壽」去解說官場的「非典型腐敗」，他設問：三節是甚麼呢？春節、端午節、中秋節。兩壽是甚麼呢？就是長官過生日，長官的太太過生日。當時還有一個笑話，說有一個長官屬鼠，生日的時候，下屬就送他一隻純金打造的老鼠。長官非常

高興地説，告訴你，我太太屬牛。毛澤東説得好：世上沒有無緣無故的愛，也沒有無緣無故的恨。我認為：世上沒有無緣無故紅起來的作家，「易中天現象」豈偶然哉？

走向大眾，走向生活的易中天，是否就「不務正業」？易中天把自己的演講風格分為三個境界：正説、趣説、妙説，他稱要做到妙説歷史必須具備生活趣味、人生閱歷、文學修養、哲學啟思。品讀就是分析、總結、歸納，從中找到能夠啟發我們、啟迪我們智慧的東西。品讀的最高境界就是雅俗共賞。

易中天如今是文化明星，他已經感到成名的恐怖。如今他已不接電話、不看信、不看郵件、不看網，這些工作已交給他太太去做，回家後手機也歸太太管；此外，碩士生和博士生都不招，他很快就要退休了，退休後會住到別的地方，到廈門大學是見不到他的。他忙於還《百家講壇》的債。

易中天既是大學教授，碩博導師兼著作等身，且本本暢銷，易中天自然是學術明星。自他「暴得大名」後，「謗亦隨之」，學術界對他的議論，大抵如張作錦所列舉的三點：

第一，易中天把《三國演義》和《三國志》混而為一，但前者重藝術性，後者重真實性，弄成個一「品」鍋，能品

出真味道嗎？（筆者按：坊間有天行健教授的《正品三國》，便指出《三國演義》與史實不符的一百處，頗可一讀》）

第二，在易中天的口裡、筆下，《三國》成了肥皂劇，不是通俗化，更是庸俗化。譬如他說：「在大家都認為袁紹是績優股時，郭嘉卻看出那是垃圾股；而在大家都以為劉備是垃圾股時，諸葛亮卻把他看作績優股。」這樣講《三國》，把政治運行、英雄事蹟、人生哲學都庸俗化了。

第三，易中天創造了史學的「娛樂功能」，使之成為一種「時尚史學」；但學術不是只為娛樂而存在，若只滿足一般人對史學低層次娛樂上的需求，可能就妨阻了他們對史學高層次意義上的探索。

易中天的《品三國》，顯然並不太注重史料的甄別與考訂，他畢竟不是章太炎，明言「不可以古論今，也不可以今論古」，按汪榮祖的解讀，章氏強調的是，人文世界裡的古今之變，知其變始能知其異，知其異才能正確理解歷史，故史家絕不可以今情來妄斷古情。基於此，妄論古人之是非，借題發揮——跡近所謂影射史學，都是忘了歷史時間，不知今古之間的時間距離，不免曲解歷史。顯然，如果以章太炎的現代史學觀去檢驗易中天的品讀三國，肯定不及格。

易中天教授又如何看自己呢？他一向強調讓「史」與

「人」接軌，不避俚語俗語，重喚人們對歷史的興趣。他覺得已盡量做到「於史有據」，然而，若是史書上有記載的，如果嚴格要求有記載的不可靠也要指出來，他未必完全可以做到，因他非讀歷史出身；亦非專研三國，畢竟並非歷史學家，他不能保證每一項史料都可甄別出其是否可靠。易教授說：我至少能夠保證我不編，做到這步，作為《百家講壇》這樣的電視節目，已經達標了。

易教授已如此坦白交心，作為普羅觀眾的一分子，屆時開壇，捎張矮凳，齊享受多少風流事，盡付笑談中，不亦過癮乎！

易中天，現任廈門大學人文學院教授。長期從事文學、美學、歷史學等多學科和跨學科研究，央視《百家講壇》「開壇論道」的學者，其主講的「漢代人物風雲」首播即獲熱評。

名利雙收的易中天

易中天《品三國》書影

讀書不成，豬年狂想

年紀大，對事物的心態也多了變化，唯一不變的，是在街上看到美女，心還會撲撲的亂跳，只是沒有年輕少壯時血脈的激動，眼睛會隨着玲瓏的曲線遊走，賊死的，活到這把年紀，我得承認：雖然不再暴食江湖，卻依然好色！像我這樣一個嬉笑人生的老頭，一日碰到美女再激不起「多瞧一眼」的時候，少了那一分浪蕩心情，恐怕人生也就走到盡頭。風吹燈滅，回首平生，好歹談過幾場戀愛，分不清是「老襯」還是「豔福」。人生，畢竟難以一一去數清楚；生過三個兒女，在「搵食從來不易」的年代，三個兒女都「成人」，不能不說是一項「奇蹟」；他們對社會沒甚麼大貢獻，也不至於作奸犯科，那作為一個小人物，毅然負起傳宗接代的偉大使命，那還有甚麼好遺憾？再追究下去，徒滿腔愁緒，一肚子無奈，何必呢？大半生已經夠苦，步向夕陽晚境，歲月並不如歌之行板而是一把無情的殺豬刀，是否應

該向李白學習「且樂生前一杯酒，何須身後千載名」？我有一個夢，就是詩人所說的「都歸了塵土，還原為一場春夢」，有春夢就有春風，春風得意馬蹄疾，我不必一日看盡長安花，只要「春風復多情，吹我羅裳開」，不要笑我有偷窺情意結！生命的沉酣，燈火下樓台，為甚麼不可以是詭譎荒唐？道德文章就高人一等嗎？人老了，逃不掉胡思亂想的自得其樂。

胡思亂想，並不只是小說家的特權。讀台灣作家唐諾的《世間的名字》，說到小說家，提到英國「偵探小說女王」阿嘉莎．克麗絲蒂戲劇性的說，兇案發生，不曉得為甚麼兇手十之八九是被害人的丈夫或妻子；美國推理小說家勞倫斯．卜洛克筆下的馬修．史卡德則如此實實在在的回答：「是啊，我所知道很多的夫妻總是用三十年、四十年時間來殺死彼此。」唉，小說家都愛「胡思亂想」還是直窺婚姻的脆弱？人生多姿，人性複雜，而等閒平地，卻可起波瀾，否則就沒有小說家，老朽只好如此解讀。

胡思亂想最能謀殺時光。一眨眼，已退休多年了！依然談不上積極讀書，是以做人、寫作一點也沒有因時間多了而有所精進。那天，順手在凌亂的書架拿下董橋先生的《讀書人家》，其〈自序〉不過三百多字，卻是字字精彩，他

引晁沖之〈夜行〉一詩，説他喜歡：「老去功名意轉疏，獨騎瘦馬取長途。孤村到曉猶燈火，知有人家夜讀書。」我讀了為之撫鬚微笑，順口吟道：野村到曉猶燈火，知有老朽夜讀書。董先生説他的書名叫《讀書人家》，很寫實，也好聽，讀書至今讀不出學問倒不必深究了。董先生乃一代文體大家，一手獨家散文光照華文世界，説武俠江湖必有金庸，談散文天地豈能漏掉董橋，他「讀不出學問」，老朽還敢奢談甚麼「讀書」？索性遇到生張熟李，就説自己是文盲，省得胡扯「文學的社會責任和作家的良心」，樂得耳根清淨。

我若「夜讀書」，皆因無聊；如「勤執筆」，不是怕忘字，而是欠錢——無錢哪得食雲吞，無錢哪來閒錢跑馬仔？手停口停，年輕時「生涯規劃」不善，白了少年頭，空悲切！不怕笑話，一旦衣食無憂，我恐怕擠不出一個字，世上好玩的東西多着，要看的好書多着，不説別的，光是董橋的散文，他惜墨如金也寫了那麼多名著，至今我仍未能一一細味，而創作澎湃洶湧的賈平凹，他寫的速度比我看的速度還要快得多，我書架上有他十多本小説仍未拜讀，原以為退休了可以「趕進度」，可是在野村的日子，依然懶散，有時面對書桌，坐在椅上，胡思亂想，窗外高樹有鳥鳴嚶嚶，清風吹來草木香，直到暮色四合，頹然如坐禪，一寐醒

來，夜色如水⋯⋯原來「不看一字」，依然可「盡得風流」，浪費光陰，其實並不是罪！活得自在，何必嗟嘆「逝者如斯夫！」

善於「管理時間」，你會變成功人士？珍惜寸陰，未必能讓你成為聖人，同樣，著作等身，也不一定可成為不朽的作家。不久前在網上讀到王朔一篇感慨年末的小文，雖說「小文」，卻太有意思了！王朔行文，向來鬼馬，看似輕挑言不及義，卻更說透人生得失，他一開頭就說「平淡的生活哪有甚麼可以總結的，無非是吃喝拉撒，要不是靠此起彼伏的八卦消息撐着，真覺得人間不值得了。」

確實是，你不是馬雲、李嘉誠，沒有資格大放厥辭說自己不愛錢視錢財如浮雲；像我是個電腦盲，自然不會像已經過世的喬布斯說要改變世界；佛祖四大皆空而我六根未淨，能談甚麼慧根佛性？

所以你跟我講人生意義是不會有好報的。人年紀大了，最怕看教人「做人」的文章，一切陳義過高的說理，都不是我杯茶，活到這年紀，我跟王朔的念頭一致：去他媽的，哥只想再多睡一會兒。王朔是個生活家，只追求自己活得過癮，是以他認為任何試圖總結人生意義的行為都是一個笑話，人生意義只是人類自己創造出來的小把戲，好讓人

類不要太閒。那麼，無事忙果真是一種福氣，老朽「不看一字，盡得風流」，你敢說不是一種至高的人生哲學嗎？一本正經，活得一生壓抑，倒不如一頭撞死，好歹謀個痛快！

王朔的創作才華和俘虜美女、才女的心，人皆知之，已經戳破他的人生其實「大有意義」，只是他謙遜低調，自嘲的口吻都變成經典的「棟篤笑」：今年我比去年更懶了，懶得動，懶得寫，懶得賺錢，懶得成功⋯⋯「懶」真是個好借口，完美地掩飾了能力不足的缺點，還能散發出落拓不羈的氣質，讓自己有種超凡脫俗的感覺，我很欣慰。

一個人成名了，說甚麼寫甚麼都是真理，都是力量，且叫人心悅誠服，我想，這就是「魅力」吧！

當然，有些作家，其人其文隨着時間的增長，愈散發出人生的智慧，這是我這種遊戲人間的閒散人，窮一生之力也寫不出來的。令老朽忽然有此感觸，皆因讀了文壇多面手張曉風前輩的大作。驚識張大姐早於三十八年前，當年一九八一年七月二十五、二十六日，還算是「文青」的我，於何錦玲主編的《星島日報》副刊「星辰」版，分上、下兩篇談論張大姐的小說，題目叫〈奔潮逐浪而來的彩筆——初探張曉風的小說〉。當年我投稿勤快，皆因生活負擔重，猶幸何錦玲主編多用上了，記憶中未嘗退過稿，且稿費每篇

千五字有四百大元，兩篇就八百大元，後來更調整稿費，記得每篇六百至八百元，每個月發表三至四篇，讓我在當年有足夠的零錢購書和賭馬，至今我猶感恩。這些往事其實已如煙了！

這些往事其實已如煙了！勾起回憶只因早前收拾淩亂的書架，從一大堆塵封的雜誌見到一本剪報，才發現久矣乎忘記了的「文青」時代，「讀書不多，想得太多」的「文藝」之作。正如當年文藝青年導師王小波所說，一個人不僅該擁有一個現實世界，他還應有一個詩意的世界。那些年，我也寫過幾首情詩，有風花雪月，夢裡，有馬蹄聲，背包裡有劍，就是不記得是否還有一管洞簫，要把夕陽吹成霜紅！

閒話表過，那年的所謂「初探」，探個屁！都是皮毛之見，如今讀張曉風大姐的散文，除了親切，不必「初探」、「再探」已添增了一份震撼，我想是她經過大病一場（六十五歲時大腸癌開刀），痊癒後對生命的大徹大悟，像收在《花樹下，我還可以再站一會兒》，其中一篇〈朋友．身體〉便感人至深，她的一個朋友，失散了四十八年，就憑一記手溫，在做禮拜的教堂就驚識她是「李大姊」而不是平日稱呼的「韓姐妹」。張曉風說，憑視覺沒認出李大姊來，而那「一觸手之際，一切都銜接上了」，她從來不知道觸覺的記憶如

此頑強難滅的。張大姐欣賞林則徐兩句對偶詩:「花從淡處留香久,果為酸餘得味甘。」張曉風是個重情有義的人,才可以憑如此細微的一觸手,感受到幾十年友情的溫度,道出「念念不忘必有迴響」的境界。

張曉風另一本散文新著《星星都已經到齊了》,內收〈描容〉,提到一趟去日本,在一座山寺見到一則日文告示,告示上有一幅男子的照片,內容大致說「兩個月前有個六十歲的男子登山失蹤了,他身上靠腹部地方因為動過手術,有條十五公分長的疤口,如果有人發現這位男子,請通知警方。」

通常一般人看了,尤其是遊客,多不會有甚麼大的感觸。然而,曉風卻有悲天憫人的情懷,她寺前癡立,忽覺大慟,因感人生一旦撒了手,在特徵欄裡竟只剩下那麼簡單赤裸的幾個字:「腹上有十五公分疤痕」!人,確實兩腳一伸,所有人間的形容詞都頓然失效,所有的學歷、經驗、頭銜、土地、股票或勳功偉績全都不相干了,真正屬於此身的特點竟可能只是一記疤瘢或半枚蛀牙。

張大姐感到如她一旦失足,則尋人告示上對她的形容詞便沒有一句會和她生平努力以博得的成就有關了。曉風對着那從不認識的山難者的尋人告示——不禁黯然落淚。

這種大慟，頗有唐朝才子陳子昂「念天地之悠悠，獨愴然而涕下」的無奈！老朽這人在時間的魔法裡變得反應遲鈍，感悟力零，有淚，也只往心中流，此刻人老體衰，只憶起馬奎斯《百年孤寂》中兩句話：「生命中所有的燦爛，終將用寂寞來償還！」人生最高境界也不過如此吧！做人，難得的就是適意而已矣！據悉在這個人人焦慮的時代，「轉變錦鯉」行大運已成為當下日常迷信的主流，內地有個叫 @ 錦鯉大王的，發出第一條微博：「本大王法力無邊，關注並轉我子孫錦鯉圖者，一月內必有好事發生。」這條微博共獲得九百多萬轉發，而 @ 錦鯉大王擁有逾一千八百多萬粉絲。難怪有人驚嘆：這年頭已出現了一種「拜錦鯉教」，二○一八年則成為「拜錦鯉元年」。老朽讀書不成，賣文沒甚麼驚喜！不過，我摯誠深信，看過此文的親愛讀者們，如能順手把這篇蕪文傳上 YouTube 並按個 like，必能「心想事成，逆天改命」，靈過叫夏蕙 BB 在年三十晚，以別開生面的豬形象到黃大仙上頭炷香，盼望特首體恤貧困長者。

快！行動，祝大家豬年事事大吉大利！

張曉風近照

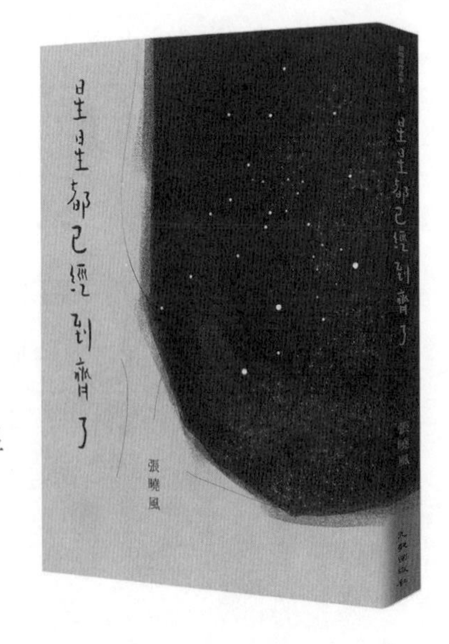

張曉風散文新著《星星都已經到齊了》

小說優劣憑誰問？

好小說通常有個好故事；要不然，便是作者的文筆，有化腐朽為神奇的本領。這年頭，誠如黃子平所說：畫鬼容易畫人難，寫出現實主義傑作的期待端的很不「現實」。

廖玉蕙說她曾經到紐約訪問王鼎鈞，向他請教對文學創作的看法。王鼎鈞打了個譬喻：進到賭場就要坐下來賭，不要站在旁邊看。站到旁邊看了一夜，肚子空空，人很疲倦，這算甚麼？作家就是要坐下大賭，要創新，要突破。廖玉蕙得到啟發，她深感一個作家，只有不斷地鍛煉想像力，不斷地在文字修辭或說故事的方式上做大膽的實驗，才能讓作品有一新耳目的效果。現在的年輕人偏好光怪陸離、晦澀標新；作為一個盡責的讀者，她覺得，或許也該反省怎樣容忍異端，學習拓展各種閱讀的可能，因為愈好的文學作品，愈有多方解讀的空間。

閱讀的口味，每個人的差異不同；汝之蜜糖，吾之苦

藥。然而，文字的書寫和現實之間的關係，又豈能掉以輕心？皆因缺乏現實的基礎，創新便沒有根。變，非故弄虛玄，變了後——要能通，否則便把自己趕進死巷或逼向死角。

施清真說：文學是主觀的產物，作家、編輯及書評人皆有各人好惡；正是這樣，任何文學獎、選集、文學史之類，都難免有爭論。不久前，《紐約時報》書評周刊主編坦南豪斯（Sam Tanenhaus）邀請一百二十四位著名作家、編輯及書評人，選出過去二十五年來最傑出的小說，結果童妮．摩里森的《寵兒》當選「最傑出」小說（Toni Morrison, 1931-2019）。這是她自一九九三年得諾貝爾文學獎後第一部小說。

《寵兒》於二十二本佳作中脫穎而出引來極大迴響：有人問何謂「最傑出」？是指文字功力登峰造極還是對當代文化影響深遠？又有質疑：為甚麼只能選出一本？難道真有一本小說能夠涵括所有「最傑出」的標準嗎？……這其實也沒有甚麼好詫異。最近我讀《退稿信》（寶瓶文化出版），裡面列舉了不少大作家被出版社主編退稿的尖酸刻薄的話，像一九九九年諾貝爾文學獎得主鈞特．葛拉斯（Günter Grass, 1927-2015），他的《錫鼓》被退稿，編輯說：看完閣

下的稿件後，我們感到無限欣喜。一旦我們刊出閣下的論文，就再也沒有辦法刊登其他水準比你低的論文了。但是我們實在無法想像，在未來的一千年內，會有任何一篇論文可以跟得上閣下的水準，所以實在非常遺憾，我們不得不退回閣下的曠世鉅作，並且為了我們的短視與膽小而向你致上一千次歉意。

被編輯們看走眼的還有寫《羅麗泰》的納博可夫（Vladimir Vladimirovich Nabokov, 1899-1977），退稿理由：這本書賣不了……建議不如用石頭把它埋起來，一千年後再找人出版（真相是這本小說乃他最重要的小說，而納博可夫是二十世紀公認的傑出小說家和文體家）。又如寫《傲慢與偏見》、《理性與感性》等的珍．奧斯汀（1775-1817），她的《諾桑覺寺》當年遭退稿，理由是：如果閣下要我們買下這本書的話，我們寧願用同樣的價錢把書退回去——只求你打消這個念頭。真相是：這是奧斯汀小說中唯一帶有哥德式（恐怖小說）色彩的作品，無奈出版商竟然不懂欣賞她那充滿諷刺與幽默的巧妙安排。此外，被退稿的還有大家熟悉的海明威、普魯斯特、克莉絲蒂、史蒂芬．金、威廉．福克納、喬伊斯、惠特曼、艾蜜莉．狄金生等等。

文學確是主觀的產物，閱讀口味誠因人而異。讀黃子

平、許子東編的《香港短篇小說選 2002-2003》(香港：三聯書店出版),舒非特別提醒我細心看一看陳冠中的〈金都茶餐廳〉,而黃子平的序亦寫得明白：茶餐廳成為閱讀香港後殖民都市空間的重要地標。也斯、洛楓、崑南的小說,都以茶餐廳為背景,陳冠中那篇特別受到青睞,除了「寓言化形象」的成功,我想,還有它以港式中文敘事的活潑生鬼,親切自然,令我們這些「香港仔」讀起來特別有 feel；陳冠中早前曾為文談論兩岸三地的語言用詞,敢信他以港式中文寫這篇小說,是有意的書寫策略,事實證明：粵語有它存在的價值,提倡普通話,確實毋須扼殺粵語。〈金都茶餐廳〉的港式幽默,若以清通的白話代之,則韻味境界全失矣！「如果茶餐廳都死,香港真係玩完」,真的,如果港式的鬼馬無厘頭俗語都死,香港真係冇晒動感活力。香港的「文化」就更不堪了！

茶餐廳反映的庶民情趣：菠蘿油、絲襪奶茶、餐蛋飯、雲吞麵……這是永存在我們的記憶,豈可輕言忘記；對味道的執着,對茶餐廳的眷戀,那是一道開啟記憶之門的鑰匙。香港人——如果有「鄉愁」,可會如劉細良所說的來碗「片頭切腩撈粗要爽」。梁家權在「沒有粉絲的碗仔翅」的日子,仍堅持「尋找失落的菠蘿油」,所謂「香港精神」除了拼

搏頂硬，還有的，便是不怨天尤人。陳冠中寫金都茶餐廳的逆境自強：全球化在我金都，金都廚房真 can do。金都的餐單多元化，「竟然全部有中英對照。金都真係好誇張，要個樣有個樣」，那餐單上的英文翻譯雖然「騎呢」，但係「掂」。香港精神，金都顯現——做其小股東，見步行步，摸着石頭過河，死馬當活馬醫，盲拳打死老師傅，天無絕人之路，船到橋頭自然直，男兒當自強，姊姊妹妹站起來，獅子山下，英雄本色，最佳拍檔，半斤八両，東方不敗，風繼續吹，未可真係會鹹魚翻生？……Do 唔 do 先？

金都茶餐廳正正是香港鬱悶的縮寫，大城中的小事，一如陳智遠編的《咖啡 · 沙龍 · 文化 · 香港 · 人》所說：香港有數之不盡的小歷史，讓我們透過生活的點滴、演繹、建構、豐富與補充自我身分與精神面貌，在時代的變遷中，不斷換上新面譜。……在麥兜、《歡樂今宵》、茶樓與恆生指數的升跌之間，均是香港身分元素所在。

難得陳冠中肯講真話，在《我這一代香港人》説像他那一代的成功不過是僥倖，只是歷史的偶然，並非因為他們特別出眾。堂堂七十年代港大畢業的天子門生，肯說出自己奮鬥、失敗再奮鬥的故事，怎不叫平民百姓如筆者之流看得大呼過癮！

香港精神，金都顯現！我愛金都茶餐廳！

書房布置與創新遊戲

人生識字憂患多，像我這樣一個愛亂翻書又愛看閒書八卦雜誌的人，最頭痛的莫過於書太多而書房太小，於是，有好些書得租用「迷你倉」，而書到用時想去尋她卻恨路途太遙遠。我的書房整體予人的感覺便是亂，猶幸有印傭日常打掃，那還不至於髒。

唐諾於《閱讀的故事》（印刻文學出版）說，他很喜歡本雅明不分類整理書的動人論述，但他個人其實非常欣羨那些讀好書，又能長期維持書房書架整齊有序的心思清醒安定之人。他加以解說：清醒是因為他們在反覆進出書的世界和現實世界之間似乎那麼收放自如；說安定，是因為他們好像總能井然有序地一本書唸完再唸下一本，而且極有餘裕地在每天臨睡前結束一本書好將它歸還書架的從來之處。

我一向不善於整理書。擺上架的書縱分類於一時，然

不消一段時間，便淩亂如海嘯地震過後，加上我難得一本書一口氣看完。於是貪圖方便，那些書便在床頭地板隨意生根，我復悠然，一本一本茁壯成長得整個「書房」都洋溢着春天勃發生機的氣息。

唐諾豐富的閱讀經驗，道出了讀書人要保衛一個書房的艱難：相對於由上而下的、中央集權式的分類秩序，閱讀活動卻是游擊隊，它真正厲害之處在它直接源生於蕪雜的生活行為本身，充分了解而且完全融入於房間的整體生態，利用了每一可能的縫隙，因此，充滿着不易察覺的滲透力和顛覆力。閱讀一經啟動，很快的，而且總是為時已晚的，那些好好直立架上的「冊」，便花開花謝一般紛紛掉落地板，我伸手可及之處而成了「書」的橫行模樣，自由奔放而且怡然自得到讓原本宰制它們的人寸步難行，得謙卑地請它們挪動兩分好找出一個可供躺下來睡覺的地方。

這段文字真使我感同身受。我的書房原本有個靠牆的衣櫃，如今，除了吊着的一支鋼管掛滿了衣服（書總不能用衣架吊着吧？），其餘有空隙的地方，通通都已被我填滿了書。書的侵佔勢力，猶勝雨後的春筍！繁殖力之強，猶高於潮濕環境下的霉菌！女友怒眼圓睜：你再讓書籍這樣不設防地泛濫，遲些你自己的生存空間都成問題！

有這麼嚴重嗎？我僅有的小小「私人空間」已發出警號？印傭每趟要抹窗，總得效法陶侃，視書如磚頭片瓦一棟棟移開，抹好了又一棟棟地搬回原位，她投訴：每次這樣一搞，她的玉臂要痠痛三天三夜！至於每趟搬家，搬運工人總要「詐型」：老友，搬死人咩！畀多一千幾百班伙計飲茶喇！

買書累身家，媽的，有苦自家知。我已盡量壓抑購書慾，每次逛書局，我都告誡自己：未看的書多着，文史哲的書也不缺，可是，每次從書店出來，卻又是一袋二抽，這好比女人 Shopping，明明說進去「看看」，出來總成為魔術師，一條薄絲巾可以變出十隻飛鴿甚至一頭大笨象。真是神乎奇技，令她們的老公、男友嘆為觀止！女人逛商場名店時，果真有耶穌創世紀的本領。

好書無不散發一道豔光，而好作者往往有不可抗拒的魅力。被俄國人尊為「文聖詩神」的普希金，他的秘密日記把自己的書房當成「後宮」。他說：書本由於伸手可得，使我心中穩實，我只要願意，就能利用。女人也是如此——我需要很多，而她們必須像書一般在我面前張開。的確，在我來說，書與女人在許多方面頗相類似。翻開一本書，就像分開一個女人的雙腿——看一次，長一智。每本書都

有它自己的氣味：打開一本書，吸氣，你聞到油墨，而每書的油墨味道各各不同。……所以，對我的書，我是善妒的，不情願給別人讀，我的書房是我的後宮。

普希金非常人，打開一本書也有如此綺麗的聯想，難怪他一生與色、賭相始終，他一生熱衷於享受春天的玫瑰，生平以到處分送綠帽為樂，其讀書觀果然也異於一般讀書人。

事實上，書房可以是「後宮」，也可以有不同的玩法。我最近看了曲家瑞編的《書房的十六種遊戲》，對書房確實有了新的體會。書房不一定要有書，它可以擺放玩具娃娃、收藏品。台灣實踐大學時尚與媒體設計研究所所長曲家瑞小姐說：閱讀不止限於文字，她喜歡嘗試閱讀各種類型的文字創作，閱讀讓她更包容、更謙虛。它打開了她一直以來與外界緊閉的那扇門，給予她源源不絕的知識，想像力與好奇心。因為書籍的啟發，她開始將閱讀的觸角延伸至生活在周遭的人、事、物。亦因此開啟了她那一發不可收拾的二手娃娃閱讀。

王文華則視書房如禪房。他說簡單就是美，他的書房裡東西很少，甚至連書，都擺到另一個房間。喜歡簡單的原因是減少分心的東西，這樣才能專心地和手上這本書發

生親密關係。如果書房裡有音響，他可能會弄弄 CD，有花草可能就會看看花長得怎樣：東摸摸西摸摸，反而冷落了書。要言之，書房的背景愈簡單愈好。

至於蔡康永的書房，其設計倒使我眼前一亮，他的書房明亮雅潔，白色為主，牆上貼滿跟他關連的男性友人，一條書架只橫跨過他們重要的部位。

蔡康永形容得妙：書房會有點像是神廟或祖宗祠堂，是一個由人排列出來的、紀念性的空間。我人生中遭遇到某些人，就把他們排列出來給他們一個位置。最過癮的是，他把書排列在這些裸男的重要部位，有戲謔的成分。因為你書讀得夠多，就可以看到最精彩的部份。如此激勵讀書真夠創意。

蔡康永的書房春色可謂別有天地。常人大抵鷹揚高境之時少，蹭蹬紅塵之日多，經營一個屬於自己的書房，便可以高吟：

既有志不酬於現實，

何妨寄壯圖於書房。

阿哈，人生果真不只是屎。

曲家瑞編的《書房的十六種遊戲》
介紹了書房多種不同「玩法」

小題大做的「張愛玲熱話」

劉紹銘教授最近為文探究分析張愛玲的英文究竟有多好，這種「小題大做」的文章最難寫，皆因要從她小時候所受的教育、家庭背景等細說從頭，再追溯其成長、心路歷程等因素。劉教授以學者之筆，時而鈎稽並重，偶而以抒懷小調，以意味深長的細節，教人會意。「於文本中見歷史，於細節處顯精神」，如此「小題大做」，卻正顯出其功力非凡。

近讀張盛寅的《細讀張愛玲》(柏室科技藝術出版)，在〈她在弟弟眼中的形象〉有一段說：愛玲英文比中文好，隨便甚麼英文書，拿起來看，即便是一本物理或化學。她主要看裡面的英文寫法，內容是不去注意的，這恐怕也是英文進步快的一大原因。其英文作品流利、自然、生動、活潑。弟弟張子靜說即使自己再學十年，也未必能趕得上她一半。「看裡面的英文寫法，內容是不去注意的」，我着實

丈八金剛，摸不清究竟如何會令張愛玲的英文進步？

一九四二年，她二十二歲時與好友炎櫻同回上海，與姑姑住在赫德路（今常德路）愛丁堡公寓。同年，投考聖約翰大學，因國文不及格，未被錄取。此時，張愛玲開始了自己的賣文生涯，為《泰晤士報》撰寫英文影評；短評〈中國人的生活與服裝〉；在英文雜誌《二十世紀》上發表。如果，張愛玲繼續以英文發表文章，她的英文造詣相信會是大師級的。

不過，從另一章節，我倒感到張愛玲自小打好中文根基的要素。自小其父親對於張愛玲的作文便很得意，曾鼓勵她學做詩。據悉，她一共做過三首七絕。第二首詠〈夏雨〉，有兩句經先生濃圈密點，所以她自認為很好：「聲如羯鼓催花發，帶雨蓮開第一枝。」

一個初中生能寫出這樣的詩句，確不簡單。楊澤編的《閱讀張愛玲——張愛玲國際研討會論文集》（麥田出版）內收陳傳興〈子夜私語〉，對張愛玲徘徊於中、英文寫作運用的交戰，有頗精彩的論述：如同佛洛伊德那些擁有多種外國語言的病患偏喜以他種語言而非母語去陳述他們的記憶暗礁，創傷場景：張愛玲在逃出父親的家之後不久，用英文寫出被監禁的經過發表在《大美晚報》（Evening Post,

1938)，多年後又用中文方式改寫成〈私語〉(1944)。這是張愛玲公開發表在大眾刊物上的第一篇文章，張愛玲用這篇文章總結了她和父親的關係，不是報復性的指控，文章的意向毋寧是治療，自我診治的。創傷太過強烈，不願也不能停留在體內太久，但要如何說，「母語」它是「父親」的語言，面對這個語言，她有兩種態度，她一方面自我抗拒去使用，另一方面她矛盾地告訴自己這個語言早已和父親的家一齊被摧毀，目前她處在等待新的語言。

在這種困境下，英語，陳述創傷的唯一可能的他種語言；她的父親非常熟悉這個語言，文字和意義仍然可以傳遞過去，但是父親卻聽不到她的聲音，她沒有聲音，也沒辦法擁有這個語言的主宰。英語，矛盾雙重性地，不是父親的語言。新的書寫語言要能孕生，必然地要先能克服這層創傷性的「抗拒」機制，「抗拒」父親的書寫，讓母語重新在家庭羅曼史的廢墟上出現。

這個克服是痛苦和緩長的，甚至要推延到異國他方。〈天才夢〉這篇半自傳的散文和《大美晚報》的文章相隔一年後在香港寫成，在這之後又間隔數年，從香港回到上海後，但也是在幾篇英文散文、隨筆之後才開始寫作發表用中文寫就的香港傳奇幾篇成名作。而至於〈私語〉，子夜裡

的心腹之語，會需要更多的時間才能獲得母語聲音重新說出也就不足為奇。

逝世十年的這個臨水照花人，還是招來不少談興。這都怪張愛玲有太多的成就與「多元智能」——音樂、繪畫、穿衣……無所不精。陳建志十一月十七日在中國時報《人間》副刊形容張愛玲是「微物之神」，高度評價讚賞她在談吃上的心得，他說張愛玲一出手寫吃，就要囊括整個地球！

張愛玲的〈談吃與畫餅充飢〉（見皇冠版《續集》及經濟日報出版社《張看》上冊）最為人稱道，陳建志指出張愛玲一開始就沒有傳統美食作家的包袱，言必稱家鄉味、京味或上海味。她的口味是當代都會人的，愛吃甚麼就吃甚麼，不分國家，比許多新世代都更有實驗性，以單篇的飲食散文寫作來說，此文已是開創性的範例，在華人散文發展史上，此文也是個里程碑，因為它是最早的「百科全書式」圓熟書寫。這對張愛玲自己的創作生涯來說，也是個異數——她此時已脫離「流言體」，進而琢磨多重切面的鑽石結構。不知不覺，她與波赫士、卡爾維諾在宇宙星空中驚鴻一瞥的照過面（註：波赫士被譽為「作家們的作家」，影響馬奎斯、艾可、魯西迪的世界級大師，有關其人可參考《書鏡中人——波赫士的文學人生》，邊城出版）。

陳建志說：〈談吃〉的小題大做，更是一場知識的饗宴，其中不只有考據學、史學、史料、回憶錄，還有人類學、營養學、社會學，又是一趟艾克曼式的「感官之旅」，一場不斷跨界的漫遊，幾乎無所不包。而其口吻又不是學者或文人雅士的，反倒常露出小市民的家常語調。

我最愛此種小市民的家常語調，白易居說「一飽百情足，一酣萬事休」，陸游則謂「悠然一飽自笑愚，願 為口腹勞形軀」，正是我等俗世小民的寫照。張愛玲小時候常常夢見吃雲片糕，吃着吃着，薄薄的糕變成了紙，除了澀，還感到一種難堪的惆悵。張盛寅稱，張愛玲嘗言她和老年人一樣，愛吃甜的爛的。一切脆薄爽口的，如醃菜、醬蘿蔔、蛤蟆酥都不喜歡，瓜子也不會嗑，細緻些的菜如魚蝦完全不會吃。是一個最安分的「肉食者」。張愛玲見到劏豬——嘴尖有些血漬，肚腹掀開一線，露出大紅裡子。不知道為甚麼，她看了絕無絲毫不愉快的感覺。她更說自己很願意在上海的「牛肉莊」上找個事，坐在收銀台前面專管收錢。那裡好像就是空氣清新的精神療養院。

從有關的描述，張愛玲倒沒有甚麼「悲天憫人」的情懷，她絕不會「為鼠常留飯，憐蛾不點燈」，她是個俗世的「肉食者」，既未能食素，肯定可以成為「食家」，她在美國

生活的三十五年（從一九六〇年至一九九五年逝世），我倒有興趣知道她愛吃龍蝦還是T骨牛扒？有哪個學者也來「小題大做」，為我剖析一番？

張愛玲的《續集》收錄〈談吃與畫餅充飢〉一文，沒有傳統美食作家的包袱，展現的口味是當代都會人的口味

張盛寅的《細讀張愛玲》說：張愛玲英文比中文好，隨便甚麼英文書，拿起來看，即便是一本物理或化學書。

作家通病與脫貧策略

網上有作家教人要過「有尊嚴的寫作生活」，他說：是我們不懂得把寫作熱忱撥一點到理財功課上的緣故。因為我們太過於專注在爬格子（期望自己會成為百萬暢銷作家？得諾貝爾獎？），而忽略或不屑於名喚「理財」的世俗事務……眼巴巴看那些企業家上流人士市儈商人坐擁豪宅名車偶爾買買動輒上萬元的衣飾保養品聊作消遣，我們只有搬出阿 Q 式的酸葡萄嘲諷來自娛自療，然後時間一分一秒過去，自己的荷包還是瘦得可憐……

這位有心人認為：首先我們必須重視，重視理財。在這方面，我不是專家，所以我會去請教專家，專家告訴我，理財的第一步就是開源節流，也就是讓負債減少，讓儲蓄增加。

媽的，我看了曹仁超的《投資者日記》二十多年，至今依然窮光蛋一名；說實在，叫一個賭徒節制，叫一個勉可收支平衡的人「讓儲蓄增加」，這不成了廢話？這好比勸人

讀書，有點勸人信教的味道。苦口婆心，未必有效。讀書有用？不學而成功的人太多了，讀書的用處比天堂還要渺茫，有人連上天堂都不情願，要請他們讀書，談何容易？儲蓄有用？太多暴發的例子，我們有太多的博彩，有人連申請綜援都嫌手續繁複，要請他們儲蓄，太難了吧！

《左傳》說：人生實難。美醜命生成，半點不由人。我相信「歌神」唱的：命裡有時終須有，命裡無時莫強求。

提起「有尊嚴的寫作生活」，倒使我想起蘇格蘭作家華特·史考特（Sir Walter Scott, 1771-1832），此君的作品琳瑯滿目，有詩、小說、傳記、評論、翻譯等，乃英國浪漫主義運動的要角。一八二六年，史考特五十五歲時陷入財務危機，負債逾十二萬英鎊，但他並未選擇輕鬆的宣告破產一途，盡其餘生奮力寫作還債。屈指一算，他趴在桌上寫寫寫，被迫快速生產稿件，不管想不想寫，不理寫出的東西是好是壞（一如我只想騙幾文稿費趕着去下注並幻想從此改變一生），這段「筆奴」的日子，足足有六年！活了六十一歲的史考特，可憐要在他死後十五年，債務終於藉由出售作品著作權而償清。

如此「稿奴」，你說他是不是有尊嚴的寫作？無論如何，我要向他脫帽致敬！

與今年的諾貝爾文學獎擦身而過的加拿大首席作家瑪格莉特．愛特伍（Margaret Atwood, 1939-）一再進入最後候選人名單，足以證明其才華受到國際肯定，到目前為止，愛特伍是極少數兩度獲得加拿大最高文學榮譽的總督獎的作家之一。自一九七三年起，她先後獲得十六所美加著名大學頒贈榮譽學位。

瑪格莉特．愛特伍可說是靠寫作贏盡「作家的尊嚴」，她一早便深明：寫書能賺大錢的人，才有機會寫下一本。當她十六歲發現自己是個作家時，腦袋裡完全沒想到錢的事，但不久之後錢就成了最重要的考量。到了十七、十八、十九歲，愛特伍說：我漸漸了解情況，也就更加焦慮。我要靠甚麼過活？我的父母艱苦熬過經濟大蕭條，他們教養出來的我是個——用現在流行的說法是——在財務方面很負責的人，成人後必須自己養活自己。

愛特伍的《與死者協商》（麥田出版）是本值得作家一看的過癮好書，作者的務實與幽默，常令人會心，她說：為了要活命，你至少得有一點阿堵物——最好是繼承遺產，因為這樣你就不用四處為五斗米折腰，斯文掃地。但如果你是為了賺錢而寫，甚至單是被人認為你有這麼做，就足以讓你變成妓女那一級的人物。

《與死者協商》這本作家談寫作的書，寫得情真意切。作者說得爽直乾脆：寫作就是冒險，而唯有藉由冒險我們才知道自己活着。為了在混亂中建立秩序。為了寓教於樂。為了讓自己高興。為了表達自我。為了美好地表達自我。為了創造出完美的藝術品。為了懲惡揚善，或者——套用站在薩德侯爵那一邊的反諷說法——正好相反。為了反映自然。為了反映讀者。為了描繪社會及其惡。為了表達大眾未獲表達的生活。為了替至今未有名字的事物命名。為了護衛人性精神、正直與榮譽。為了對死亡做鬼臉。為了賺錢，讓我的小孩有鞋穿。為了賺錢，讓我能看不起那些曾經看不起我的人。……

作家要寫作的道理千條萬縷，沒有人比愛特伍更了解「作家」的「特質」，她說：沒有人比作家更恨作家——對作家之為個人以及之為典型，最惡毒、最鄙夷的描繪都出現在作家寫的書裡。也沒有人比作家更愛作家——自大狂和偏執狂都是作家攬鏡自照的心境。

只要稍沾染點「文化氣息」的寫作人，對愛特伍言精意簡的「解讀」，必定會心領神會。作家最痛恨的，無疑是一些「作家」斗膽敢把自己幼稚的文字遊戲稱為「藝術」。

身為作家，最切身的事恐怕是「脫貧」，幸振豐舉了一

個實例：一進書店，最快樂的事，莫過於突然發現一本精彩的小說，尤其是那種突發奇想的內容。去年發現大衛．里斯（David Liss）的小說《咖啡商人》，一看書名，就覺得很有趣，接着更發現日譯本也在年底上市，譯名則改為《咖啡相場》。作者在攻讀博士時，一度為了生活而刷爆卡，某日閱讀布勞岱爾《15 至 18 世紀的物質文明、經濟和資本主義》，發現十八世紀的經濟發展讓砂糖、巧克力、咖啡變成熱門商品，於是從中得到靈感。他本來慣於操作論述語言，但一開始動筆，則變成小說語言。書一上市，則變成暢銷書，版稅收入還不錯，同時也解決卡債的問題。

看來，寫小說確比寫詩及雜文讓人更充滿希望。

出身於沙皇時代的納博可夫，因革命而流亡歐洲，一九四○年經由朋友推薦，到了美國教書，課餘不但要教網球，還要研究蝴蝶標本以補貼家用，但他始終沒有忘記小說，等到《洛莉塔》一上市，大賣特賣。納博可夫於是辭去康乃爾大學教職，最後定居瑞士一家豪華大飯店，整天享受湖光山色。

吾友黃鋭教授，除了精研「三及第」外，偶爾露一手，寫一、兩則極短篇及誌異怪談，令人拍手稱善！看來，他老兄若全心盡力創作小說，不出一年，可以宴請我這個窮作家連吃一星期「阿一鮑魚」！

暢銷書作家脫貧傳奇

日本文學界的多面手寺山修司寫了一本《幻想圖書館》，裡面的資料過癮有趣。在〈關於書的百科〉一章說：一九七八年二月時，北京的書店發表過去一百年最常被閱讀的書，是二十三年前剛被介紹到中國的莎士比亞（中譯本），似乎十分受到歡迎。

瀏覽全世界的統計（同樣是傑拉．唐納森的資料）後，可以理解賽格爾（Erich Segal）的《愛的故事》（*Love Story, 1970*），為甚麼是暢銷書，但沙林傑的《麥田捕手》成為暢銷書，就令人感到有些意外了。唐納森還列出了「被世界最多國家翻譯的作家」前二十名。

依這份資料來看，最偉大的作家為列寧（前蘇聯），依序如下：馬克思（德國）、儒勒．凡爾納（Jules Verne，法國）、布里頓（Enid Blyton，英國）、勃涅日烈夫（前蘇聯）、阿嘉莎．克莉絲蒂（英國）、傑克．倫敦（美國）、華德．迪

士尼（美國）、莎士比亞（英國）、高爾基（前蘇聯）。

寺山修司對這個排名感到疑惑。他說：勃涅日烈夫的上榜，實在讓人感到訝異。托爾斯泰沒有出現，杜斯妥也夫斯基也沒有在排名內，取而代之的竟然是勃涅日烈夫，這似乎可以看出現今蘇聯出版狀況的特殊現象。

《聖經》依唐納森的調查，僅次於列寧為第二名，如果加上沒有被計算的各種大大小小的版本，數量絕對比較多吧。

唐納森的調查確實疑點多多。別的不說，單是英國推理懸疑作家阿嘉莎．克莉絲蒂（1890-1976）便叫人不敢苟同。一九九六年，聯合國教科文組織對全世界於一九八五到一九九五的十年間，作品被翻譯最多的作者作了統計，結果，奪魁的仍是阿嘉莎、克莉絲蒂。被她拋在後面的榜上名單，包括華德．迪士尼、《聖經》、莎士比亞、安徒生、柯南．道爾等等。

從有關的統計可以知道，克莉絲蒂成為文學史上最暢銷的作者，確實至名歸，且讓數字說話：截至二〇〇三年的估計，克莉絲蒂的作品，在英語書市賣出超過十億冊，而在譯成近五十種語言的非英語書市，賣出也超過十億冊。

寫了一輩子小說的克莉絲蒂，從二十多歲開始寫第一

部偵探小說，一出手就不凡。首本《史戴爾山莊疑案》（*The Mysterious Affair at Styles*）就締造了一個經典，也創造了後來一系列出現的警探典型——波洛（Hercule Poirot），於此系列中，我們較熟悉的當推《東方快車謀殺案》，此小說於一九七四年改編成電影，演員陣容一流，如辛康納利、英格麗褒曼、安東尼霍浦金斯等。

克莉絲蒂的第二任丈夫是知名考古學家馬洛萬（Max Mallowan），比克莉絲蒂年輕十四歲，一九三○年兩人結婚，一直到克莉絲蒂一九七六年過世，維持了近半世紀美滿姻緣。有記者問她如何維持婚姻之道，克莉絲蒂妙答：考古學家是女人最好的丈夫人選，因為你愈老，他對你愈有興趣。

看來，這位推理懸疑大作家除了滿腦子奇思妙局，更有幽默的一面。她的第一本書就暢銷，注定她一本一本的寫下去。她毋須像毛姆（1874-1965）為求促銷，當年在《泰晤士報》刊登徵婚啟事：「英俊男士，家境富有，懂得生活情趣，徵求結婚對象，條件是對方必須吻合毛姆小說裡的女主角性格。」

這招真絕，啟事一出，毛姆的書立刻在倫敦一版再版，書商幾乎來不及印。（事實上，毛姆是婦產科醫生，後來棄

醫從文，專心寫作，一九三〇年代是全球最高版稅的作家，許多作品改編成電影，如《亞申登》(*Ashenden*)，希治閣便根據這故事改編成電影《間諜》(*Secret Agent*)，其後〇〇七特務的編劇靈感也來自毛姆)。

毛姆自出道以來，其實並不愁衣食。他不需要以「徵婚啟事」去脫貧，我推想，那是「衣食足而後知幽默」的小動作，但求過癮，為後人添點茶餘飯後的閒話。

作家能否脫貧，有時倒需要點「機緣」。最佳例子莫如台灣的三十歲「電玩小子」朱學恒，他因翻譯了《魔戒三部曲》而在台灣聲名鵲起；隨着大片《魔戒三部曲》的全球熱映，朱學恒譯的《魔戒》在台灣持續熱銷七十萬冊，朱學恒的版稅收入水漲船高，一下子有了二千七百萬新台幣，折合人民幣七百八十萬元。

據《新周刊》的訪問稿，知道朱學恒玩了十年電玩，從任天堂到電腦，是台灣第一代電玩高手。今天，他仍會被台灣電玩比賽邀請做評委，以及給各電玩類媒體撰寫攻略專欄。這是他最得意的一點。

朱學恒從電玩中修成正果，並給天下青少年提供了一個「玩物不喪志」的範例，並不是要彈鋼琴、跳芭蕾舞、畫油畫才可變幻成彩虹，問題是個人的態度與眼光。朱學恒

說：當時學英文，完全是為了搞清楚一個攻關遊戲中的精神內涵。他有別於一般玩家的地方是：別的玩家通關了就OK，他不，他要弄清楚遊戲中的每一句話，每一個環節，以及去體察遊戲設計者的用意。

這是一場智力 PK 賽，為了撰寫遊戲攻略書，以掙錢買更好的遊戲，他改用左手使用滑鼠，用右手記錄玩家心得。

此外，「自我限制」是朱學恒區別一般玩家的招術。他曾經玩電玩，遭到家裡的極力反對，電玩都被鎖起來。他每次都像上癮患者一樣，撬開鎖，繼續玩。後來，他通過自我限制，使遊戲和幹活兩不誤。他說：人一定要自我限制，只有通過自我限制，才能收穫更大的熱情、更大的能量和更大的意義。

朱學恒成功的例子，是中小學周訓的最佳教材——「學習時學習，遊戲時遊戲」，「從遊戲中愉快地學習」，朱學恒是最佳的身教。

最教筆者欣賞的，不單是這位「三十而立」的「魔戒教主」的創富奇蹟，他的胸襟與視野更令人折服，他把巨額版稅用作兩個方面，一個是設立奇幻文學基金會，專門用來鼓勵、援助有志於從事奇幻文學創作的人；第二就是網絡無國界的 OOPC 計劃，將世界上最先進的大學課程翻譯成

中文，放在網絡上，讓華人免費分享到遠程教育的尖端成果。此舉，得到了麻省理工學院開放式課程計劃項目級的極大支持。（麻省理工有一千一百多門課程，現在朱學恒組織着手翻譯的有九百多門課程。其中已經有五百五十門課程全部翻譯完畢，已經放在網絡上的課程則有將近三百門）。

七十年代出生的人有如此灑脱的情懷，「己欲達而達人」，我在此舉杯，為這位翻譯狂人喝下平生第一瓶威士忌！

文學依然魅力十足

作家寫作的心態因人而異，不過，起初提筆，必定有股真誠與激情。魯迅起初為《新青年》寫小說時，也沒有稿酬，皆因由原先的《青年雜誌》(一九一五年九月創刊，陳獨秀主編) 改為《新青年》(一九一六年)，經營困難，只好把「每千字二圓至伍圓」的稿酬取消，只付編輯費。剛辭世的文壇巨匠巴金在〈我與開明〉一文中寫道：

> 我一直將「自己要說話」擺在第一位，你付稿費也好，不付也好，總之我不為錢寫作，不用看行情下筆，不必看臉色揮毫。我還記得有一個時期上海成立了圖書雜誌審查會，期刊上發表的文章都得接受審查，我有半年多沒有收取稿費，卻在朋友沈從文家中作客，過着閒適的生活，後來又給振鐸、靳以作助手編輯《文學季刊》，做些義務勞動。此外我還可以按時從開明書店拿

到一筆「版稅」，數目雖小，但也可以解決我一個人的生活問題。

巴老只求有園地「可以說真話」，對稿費不像魯迅的「要求高」。二十世紀初靠稿費生活無憂的，當推林紓（林琴南），據陳明遠著的《文化人的經濟生活》（文匯出版社）指出：鄭逸梅等回憶說，林譯小說在清末民初很受讀者歡迎。他的譯稿，交商務印書館出版，十幾年間，共達一百四十種。稿費也特別優厚；當時一般的稿費每千字二至三圓，林譯的小說稿酬，則以千字六圓計算，而且是譯出一部便收購一部。又據〈藏暉室札記〉（載《新青年》第三卷第五號，轉引自《中國近代文學史論文集．小說卷》第六八八頁。），每部書稿酬一千二百銀圓左右（合今人民幣六萬元），這樣，林紓十幾年間的稿酬收入高達二十萬銀圓以上（合今人民幣一千萬元以上）。林琴南靠寫作變成千萬元戶。

從陳明遠的專著以及馬嘶的《百年冷暖——二十世紀中國知識分子生活狀況》（北京圖書館出版社）兩書可見當年的「文字」還是「有價」的。

最近劉紹銘教授慨嘆香港文學雜誌的稿酬，多年來原

地踏步，不但沒有增加，甚且有倒退的跡象，稿費可恥，如何教名家有興趣為其撰文，猶幸有「人情」搭夠。劉教授之嘆，正是此間「文學雜誌」的致命傷；當然，劉教授有時「嘴硬心軟」，吾人依然可以在香港的文學雜誌偶爾拜讀他的大作。

黃仲鳴主編的《作家》，靠的是儒商的資助，刻苦經營，我作為跑腿的，也曾不自量力地向曾是「文藝青年」的同輩約過稿，結果給噴得一面屁：「哎喲！怎麼你還在搞那勞什子的文學雜誌，我已不寫那些純純的散文與詩了……」我只好知難而退，從此不大敢開口約人家寫稿，只有幾位相交較熟的如李洛霞或一些稱我為「前輩」的後起之秀約稿，懇求他們有空賞面的交一篇小說、半篇詩文之類。

台灣的《印刻文學雜誌》出版了兩年，成績斐然，已榮獲二○○五文學藝術類雜誌金鼎獎。香港的「藝展局」理應去取經，分析一下何以台灣能而在「強政勵治」下的香港不能？究竟是錢的問題還是沒人才的問題？好好的反思、認真的探討，應該會理出一點頭緒吧！

對待文學的態度，最好如時下的女星對待男友一樣，分手不要太傷心，大家灑脱，笑看浮生。這樣便沒有懊惱與痛苦。

事實上，文學的薪火，無論處於任何困局與時代，還是會傳下去的。

王蒙於《中國文學怎麼了》(人民文學出版社) 說：文學有它的力量所在。它的力量並不在於直接去改變一種政治狀況。說我要通過寫作撤誰的職，開除誰的黨籍，根本做不到。那麼它的力量在哪裡呢？它的力量在於激動人心，打動人心，它的力量在人心裡邊。文學和暴力相比是軟弱的，文學和權力相比是不設防的，但文學能贏得人心。你撤了他的職，你殺了他，但他的影響，他所贏得的人心，永遠除不掉。「爾曹身與名俱滅，不廢江河萬古流」，文學的牛皮就在這個地方。

每個時期總有一批一批癡心塌地的文藝青年在為文學默默耕耘。白先勇在〈明星咖啡館〉一文追憶：六十年代的文學活動大多是同仁式的，一群文友，一本雜誌，大家就這樣樂此不疲的做了下去。當時我們寫作，好像也並沒有甚麼崇高的使命感，沒有叫出驚人的口號——就是叫口號，恐怕也無人理睬。寫現代詩、現代小說，六十年代，還在拓荒階段，一般人眼中，總有點行徑怪異，難以理解。寫出來的東西，多傳閱於同仁之間，朋友們一兩句好話，就算是莫大的鼓勵了。然而在那片文學的寂天寞地中，默默耕耘，

也自有一番不足與外人道的酸甜苦辣。於是台灣六十年的現代詩、現代小說，羼着明星咖啡的濃香，就那樣，一朵朵靜靜的萌芽、開花。

然而，經過時間的潛移默化，一個寫作人會對自己作出反思。正如李歐梵所說，文學沒有實際用途，不過到了緊要關頭，它卻會促人猛省，想到文學作品以外的人生。早在一九三〇年，周作人於〈草木蟲魚小引〉一文就對語言表達的局限，有深切的體會：我平時很懷疑，心裡的情是否可以用語言全表了出來，更不信隨隨便便就表達出來。甚麼嗟嘆啦，詠歌啦，手舞足蹈啦的把戲，多少可以發表自己的情意，但是到了成為藝術再給人家去看的時候，恐怕就要發生了好些的變動與間隔，所留存的也就是微末了。

周作人深感人生的悲歡甘苦，絕對地不能以言語形容，更遑論是文字，即使勉而為之，亦不過是聊以寬慰消遣罷了。

封筆十年的余華，最近推出《兄弟》叫好叫座，他接受《新周刊》訪問時直截了當地指出「文學本來就是邊緣的。文學書是一種沒用的書」。暢銷作家沒有抬高文字的功效，畢竟是「與時俱進」的表現。陳村與王安憶等一班上海「職業作家」(王安憶戲稱他們是「最後的貴族」，因如此的「專業」已取消了）訪問台灣，陳村提到：王安憶在大陸是重要作家，一本小說頂多賣十幾萬冊，少年作家郭敬明卻銷到百萬冊（現年二十二歲的郭敬明，十九歲第一本小說《幻城》出版，銷售量達一百三十萬本。二十一歲入選中國內地百富榜），這是因為年輕讀者的感性方式已經改變，對文革故事感興趣的人也少了。對年輕人談鍾阿城或王朔，倒不如談安妮寶貝或郭敬明來得有反應。

新舊作家遍地開花，老中青互相輝映，且有相當的市場效應；作家既是平民也是貴族，「文學」還是魅力十足的！余華——郭敬明、王安憶——安妮寶貝……各自有各自發展的空間，來，為文學的多元化和打通雅俗脈絡乾杯！

林紓翻譯的小說

民國翻譯奇人林紓

一些人，一些事

年過花甲，退休了！以為可以多讀點閒書，把積壓好幾個書櫃的小說、雜文、傳記、筆記諸如此類翻個痛快；甚至奢望寫多兩篇閒話家常的隨筆，可惜，反而不及當年身兼數職，又要寫三個專欄時的勤快。

賣文大半生，多為稻粱謀，每日不得不依時完成的時評，其餘時間都渾渾沌沌，貪圖小休，躺在按摩椅上，不知不覺便到黃昏！偶爾有夢，沒有秦少游的「放花無語對斜暉，此恨誰知」，也沒有東坡的「料峭春風吹酒醒，微冷，山頭斜照卻相迎」，多的是無厘頭教書生涯那些女校長冷漠的臉孔，常教我嚇出一身冷汗，夢中，我總是虛怯的在為自己為何不知醒遲到了找藉口，而在三個鬧鐘聲中猛然驚醒出了一身冷汗！

教學生涯不是夢！看來，自己習慣「揸筆搵食」，快樂的做個「寫字工人」。

日前，翻閱清朝中興名臣曾國藩日記，赫然看到幾則年紀大，寫作力不從心的「感言」，試看：作〈孫芝房芻論序〉，約九百字，至三更始畢。老年作文，愈覺吃力，而機勢全不湊泊，總由少作太生之故耳。

另一則：思作〈金陵官紳昭忠祠碑〉，而不能成，遂竟日昏睡如醉癡，向來習態如此，而數十年因循不肯苦學作文，至今已衰老，悔無及矣！

再看一則：作〈星岡公墓表〉，文成，視之無一當意之處。甚矣，余思之鈍，學之淺，而精力之衰也！余前有信寄筠仙，云近世達官，無如余之荒陋者。頃接筠仙信，力雪此語之誣。余自知甚明，豈有誣乎？

觀乎這三則日記，要言之，就是自怨自艾「年紀大，機器壞」，尤其衰老，愛昏睡！都說一個人上了年紀，不必睡太多！其實錯錯錯！案牘勞形，不到你逞強。筆者活到這把年紀，最明曾國藩所言，不要說寫文章，即使讀書，也看不了多少頁，便頹然又昏睡過去！筆者年輕時的「床頭書」，往往一大堆，臨睡前，習慣翻幾頁，有時看到精彩處，常不知東方之既白！如今，通常翻幾頁甚至一頁，已書掉床頭而人昏睡尋夢去矣！

年紀大，機器壞，半點不由人！何況視力也在衰退中，

眼科醫生說：左眼有青光眼初步迹象，正在「擲界」，若惡化就要用藥，甚至手術。年紀大，半點容不得你再放肆。

唐浩明評點，指曾氏晚年，因位高名大，求他作序作記作銘文的很多，有的不能推辭，遂只得於忙碌與衰病之中勉力為之。求者或許沒有想到，這些應酬文字不僅耗費曾氏許多精力和時間，而且給他增加很重的精神負擔。

不過，以曾國藩之善文，加上其豐盛的人生閱歷，寫幾篇「應酬之文」本應不太吃力，加上其年輕時，亦頗雄拔氣旺，嘗言「唯古文各體詩，自覺有進境，將來此事當有成就，恨當世無韓愈、王安石一流人與我相質證耳」。

年少輕狂，「文章是自己的好」。

年老厚實，體衰愛昏睡，畢竟歲月催人老，力不從心，是真，也是一種收斂而已。

台灣的簡媜，一直是我心儀的散文大家。

讀其書，想其人。那天，忽然心血來潮，上 YouTube 搜尋一下「簡媜」，原本是想看看她有沒有甚麼新書出版，到旺角好幾家二樓書店，都沒有尋獲。這一下無心的搜尋，竟看到她的兩三段演講，倒是真見其人真聞其聲，又知道一點她的家庭生活，丈夫兒子的「八卦」新聞，過癮！

後來，翻看內地的《人物週刊》，竟又給我見到總第六

○九期二○一九年十月二十一日一篇作家專訪，就是簡媜，只見大半頁一幀她散逸着民國學者、導師風範的半身照，優雅極了！散文大家，衣着與配搭簡約而有品味！

談到她對寫作的摯誠與熱烈，實在牽動每一個熱愛文字者的心，簡媜說，她趁清晨家人未醒時寫，在任何可以寫的地方寫，找所有找得到的零碎時間寫，只要凝神進入狀態，人聲鼎沸也影響不了。她這樣形容自己對寫作的飢渴：「活生生的現實」像一條狼犬，但她畢竟老練了，「懂得叫牠趴下、不許動」，因為「你不馴服牠，牠就吞了你」。

對她這樣一個作家，她眼中只有「寫作」兩字！

訪談中有幾段精警段落，簡媜說：有野心的作家或一個有自我期許的作家，一定不會只停留在書寫自己的私人領域，他的筆必然會觸向一個社會的變化危機，甚至去洞悉歷史事件。這麼多年來，簡媜的散文一直在變，變得多姿多采，文字愈發精練，題材隨着人生的閱歷而豐富，同時也追尋歷史，拓闊視野。

一個散文大家，往往在練字上叫人讚嘆，簡媜毫不諱言她在大學中文系接觸到的古典詩詞、古文，使她在文字的運用更精確、細膩而不累贅。

說到文字的凝練，你不能不讀董橋。這已是讀書界的共識。

看簡媜談她的練字，我腦海閃起董橋在《清白家風》收了〈在春風裡——陳之藩研討會上的閒談〉一文，提到有一次陳之藩看到董先生的文章引了兩句詩：「書似青山常亂疊，燈如紅豆最相思」，來信說這十四個字可以棄掉兩個字，變成「書似青山亂疊，燈如紅豆相思」。

陳之藩說因為「最」字不能連用兩個，紅豆是「最」呢？還是燈是「最」？既然下句棄了「最」字，上句也要改為六個字，棄掉「常」字。他說給這副對聯吃了瀉藥，果然可以消暑！

好文字是一個作家的身分證。

被問到作家的努力跟天賦的關係，簡媜認為，天賦比努力更關鍵一些，在藝術跟寫作上，有些人非常努力，但是你看到那口井的井水就已經滿了，因為它的井就這麼大。

是的，器淺易溢，自滿。天賦要像湖泊，再加鍛煉砥勵，格局氣魄就會不一樣。作家的心是朝向世界而開放的，這是檢驗一流作家的一個標準！

內地《新週刊》是我愛看的雜誌，二〇二〇年二月一日期的封面，三個字「表演愛」蠻有意思。其中提到今年已七十三歲的日本名導演北野武的年度愛情金句「早知道這

麼難，還不如和前妻在一起」。原來，二〇一九年六月，七十二歲的北野武離婚，將名下價值二百億日圓的財產全部分給前妻，折約十二點七五億元人民幣，那大約也有十三億的港元，而他自己只留一套價值三億日圓的房子。找到這樣的男人，是女人一生的幸福。

離婚四個月後，北野武後悔了：錢都沒了，朋友們也聯絡不上了，曝光後情婦也沒了，早知道這麼難，還不如和前妻在一起。

這傢伙有趣，他恐怕沒有聽過廣東俗語說的「人又老，錢又冇，老婆又走佬！」搵鬼吼你咩！

難道身為喜劇人，真要讓觀眾吃驚，在出乎意料的地方冒出來，讓觀眾發笑！

原來，北野武是在父親缺位的家庭裡長大，擁有強勢的母親和妻子。他說：長久以來，我太太對我的財產瞭如指掌，我自己卻不清楚，她是個很能幹的女人，打理了一切。

我想，如果沒有一個「理財有道」的太太，北野武應該不會擁有這麼豐厚的身家，說不定和一般潦倒文人一樣，臨老「唔過得世」或酸宿味一生！

你對錢財的態度如何，你的人生也必將如何！

北野武的金句使人發笑，七十三歲的他，表演愛，一生循規蹈矩的男人不會欣賞也不懂欣賞他！倒是筆者無意看到廣播人陳海琪的「娛論」，說到北野武的愛情和小說，她可真是北野武的知音，我看她開頭一小段就肯定了：無人不知的日本電影教父北野武，一個永遠讓人脈搏跳動的男人，那似乎是超出了應有的跳動數字，分明有點危險也要堅持多走近幾步，就是走到了隨時掉命的懸崖，也想聽聽海浪凶狠擊石的心情，北野武的坦蕩與愁懷，應該用現今的流行語「虐心」。

一個「虐心」的老男人，花了十多億港元，豪情自我又悲壯，卻買不起「那年夏天，寧靜的海」，陳海琪說原來他和情人並沒有找到那塊一起衝浪的滑板，也未有寂寥晴空下寫意的柔情藍調！儘管如此，若然相信他真後悔「早知道不如和前妻在一起」，那就不是他出走後的滾燙的人生，他應改名：乜野無！

怎麼寫一篇精采的散文

五四時期的散文大家，對散文都有一定的看法和主張。周作人認為「散文具藝術性的特質，須用自己的文句與思想」；魯迅則主張小品文不該只是小擺設，「它必須是匕首，是投槍，能和讀者一同殺出一條生存的血路的東西」。魯迅是周作人的長兄，兩人都是中國現代獨當一面的散文家，只是性格不同，文風亦大異。周作人散文大抵趨向沖淡平易，充滿「苦澀味」；而魯迅一生都在戰鬥，其雜文形象鮮明、論辯犀利，揭露封建禮教的「吃人」和國人的「阿Q精神」。兩人的散文各有捧場客，以影響力論，魯迅至今不衰。

散文發展至今，天地應更廣闊，人生不須常綳緊如箭在弦，生活也不一定要充滿苦澀，日日如飲苦茶。梁實秋便認為，「散文的美，不在乎你能寫出多少旁徵博引的故事穿插，亦不在多少典麗的辭句，而在能把心中的情思乾乾淨淨直接了當地表現出來」。實情是散文可以發議論、泄衷

情、摹人情、訴世故，可以札記瑣屑，更可風花雪月，甚至「言之無物」卻「讀之有味」。

我也曾是「專欄作家」，深明在報上寫小品文章，「篤篤復篤篤」，賣文當敲竹。讀者要專欄作者敲鍵盤，每日篤出一片天與地，又要常常面對大海，春暖花開，說出你的心事，講出你的人生，估到你的愛欲，猜到你的隱憂，實在有點貪心和奢求。然而，依我的經驗，寫這種小塊文章，是一種對生活、生命的赤裸寫真，一切要忠於自己，不可矯情，自然就好。

所謂「自然」，並非率性的「我手寫我口」，好的散文必要能挑動閱讀者的興味，它有自己對事物的觀點，認真看待文字，要讓自己的理智及感性穿透，我的感觸不能人云亦云，恆常重複別人的觀點，亦即俗語所說「鬼唔知阿媽係女人」。

好作家都有一個特點——那就是不甘於平庸。只要用心，加以訓練，多觀察思考，多從古典文學「偷師」，善用文言，行文必更簡潔、辭藻必更豐富，而且用字必更精準；今天的散文大家，可以說沒有一個不善用文言的。

寫作是綜合能力的呈現。散文發展到今天，其世界益加遼闊，樣式尤其繁富，除小品、隨筆、雜文，更有運動

散文、科學散文、經濟散文、文化散文、旅遊文學、飲食文學等等，要言之，散文的屬性被發揮得淋漓盡致。要如何寫出新視野和新境界，那就考驗作者的敘事、描寫、議論的基本能力，如何讓自己的文字適切與讀者溝通，於傳遞思想和情感之美令人一見傾心，這需要時間的浸淫與不斷的探索。散文大家董橋的文字被譽為「華麗而高貴的偏見」；然則，董先生的散文觀並不複雜，他說：自己用心寫每一個字，寫出自己覺得好的作品。那是我的創作觀了。

「用心寫每一個字」說得輕鬆卻可圈可點，「板凳要坐十年冷，文章不着一字空」。要成大家豈是易事。我對有志於散文創作的年輕朋友，只要求他們下筆先要「清通」，然後才追求「多姿」，這是學者黃維樑博士提出的。「清通」意謂用詞造句通順清潔，注意語法、邏輯上的思考，「多姿」意謂寫作技巧優美多變化，注意修辭、意象的經營等等。我創作散文多年，「多姿」談不上，至今仍在「清通」上摸索，怎麼寫一篇精采的散文，多像江湖佬賣藝的口吻，好歹騙了一筆稿費，願與大家努力共勉。

詩即生活　可以感動人心

從一九一八年《新青年》登載胡適、劉半農等八首新詩，到葉紹鈞等主編的《詩》月刊，中國的新詩相當成功地奠定初基。二十年代可以說是中國詩壇的建設期，其後歷經台灣現代詩的傳薪與播種，經過台灣詩壇的努力建設，名家輩出，影響也深遠，香港在七、八十年代亦可以說「詩人輩出」，也有很多崛起的詩社如「詩風」、「秋螢」、「焚風」、「大拇指」等。他們各有各對詩的看法與體會，有詩人受余光中影響、有受洛夫影響、有受葉珊影響、有受鄭愁予影響……要言之，各有各的心頭好，有時候甚且因「傳統」與「現代」而僵持不下，有時因句子「西化」與「常規」拗到面紅耳赤。

到了今時今日，新詩歷經蛻變，一個世紀過去了，中國、台灣、香港、海外，依然有堅持做詩人這偉大的行業！坦白說，寫詩若為名利，那是太傻太天真！能堅持不懈的

一直寫下去的詩人，畢竟需要有「單純的信仰」，他們應具強烈的時代感，不斷體驗不斷嘗試——以詩去實踐他們的夢想！有論者指出，詩人之所以寫詩，起初不是為了製造一個詩人，而是為了創作一些可以感動自己並且啟發別人的文學。他的目的是詩，不是他在別人眼裡是甚麼樣子。

這種為寫詩而「衣帶漸寬終不悔」的精神，那種堅持，如果不是對詩的「單純的信仰」又是怎麼呢？有哲者說：世界上所有文學，不論古今中外，歸根究柢，不過「感動」二字而已。

台灣詩人瘂弦（1932-）在《中國新詩研究》認為：一首只見技巧不見性情的詩，決非上乘之作。又說：一首不可解的詩並不一定是首壞詩，除非它是不可感的。新舊之爭恆由於「解」與「感」這兩個字觀念上的差異。

要言之，詩無新舊，只有好壞。今次為大家推介台灣現代派詩人紀弦（路易士）（1913-2013）的一首〈傍晚的家〉：

傍晚的家有了烏雲的顏色
風來小小的院子裡
數完了天上的歸鴉

孩子們的眼睛遂寂寞了

晚飯時妻的瑣碎的話——
幾年前的舊事已如煙了
而在青菜湯的淡味裡
我覺出了一些生之淒涼

這首詩明白如話，兩節八句。首四句白描生活的簡樸，孩子們沒有現今小孩那麼多嘢玩，他們沒有彩電、電玩、手機，也沒有那麼多課外活動，是以「數完了天上的歸鴉，孩子們的眼睛遂寂寞了」。下半闋才是這首詩的主題，張愛玲在〈詩與胡說〉一文十分欣賞這首詩，説路易士，即紀弦最好的句子全是一樣的潔淨、淒清，用色吝惜，有如墨竹。眼界小，然而沒有時間性、地方性，所以是世界的，永久的。

有人考究張愛玲那篇文章發表在一九四四年八月號的《雜誌》月刊，由此得到一個信息，紀弦這首詩應寫於一九四四年前抗戰時期，也是詩人在大陸時期。考究者指這首詩一直給他一個很大的誤讀，因為之前他一直把這首詩想像成詩人在台灣的生活場景。時代和地域的陡然變換，他不禁要重新來認識這首詩：因為這風不是台灣的風，這

歸鴉也不再是台灣的歸鴉，這青菜湯的淡味裡也不再是對台灣的滋味的想像，而是多了些大陸的煙塵。

這種地域的變換，對讀這首詩的感受真有如此突然的驟變？

一如張愛玲所說，這首詩沒有時間性、地方性，所以是世界的、永久的。

是的，當我們讀着這首詩，看到香港這個大都會，一些連鎖食肆，給前線員工食飯時間只有二十分鐘，有些甚至設有計時器倒數或電子鐘，員工一坐下來就要吞下去，二十分鐘要食完！搵食真係唔容易，生活其實好艱難。

你看，要是把紀弦那首詩最後兩句改成：

> 而在計時器的催促下
>
> 我吞出了一些生之淒涼

好詩總有其通感之處，它令人感動，並沒有時間與地點的區限。

詩即生活，有甜酸苦辣，是可以感而觸動人心的。

詩人紀弦

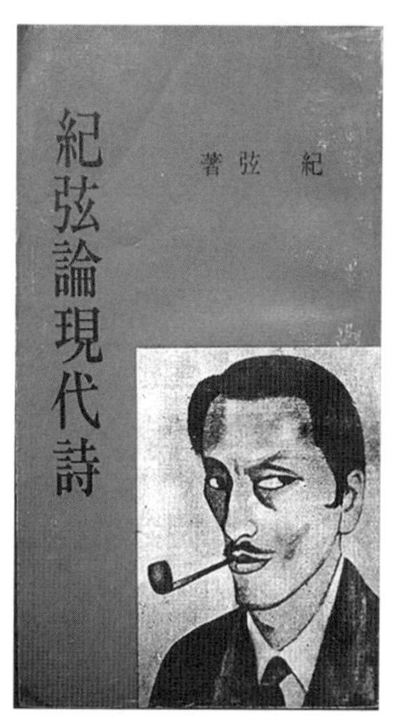

紀弦詩論集

紀弦詩集

《亂世佳人》七十年紀念

今年五月，是《亂世佳人》(*Gone with the Wind*) 首版的七十年紀念。

這部小説上世紀四十年代被介紹到中國來時，翻譯家傅東華把它譯為《飄》，可謂傳神；後因被譯作《亂世佳人》的同名電影在中國上演時引起轟動，如今就一直沿用此名。

《亂世佳人》的作者瑪格麗特・米切爾 (Margaret Mitchell, 1900-1949)，一九四九年在亞特蘭大因車禍去世，她生前曾經要求其夫及親人在她死後，把她的手稿、信件、日記等所有手跡悉數銷毀，使人們相信《亂世佳人》是女作家所寫的唯一一部小説。

《亂世佳人》到底是不是一部傑作？——這問題曾引起不少爭論，一如《亂世佳人》是否米切爾的唯一作品。事實上，一九九四年，一份她寫於一九一六年的手稿被發現，是一篇名為《失落的列森島》(*Lost Laysen*) 的一萬六千字的

小說，因此被認為彌足珍貴。美國斯克里布出版公司已於一九九五年出版了此書，馬上吸引了眾多讀者。

《亂世佳人》於一九三六年五月出版後，半年內就售出一百萬冊，日銷達五萬冊，到第三年，銷量共達二百萬冊；於美國經濟大恐慌的中期，這個成果頗不尋常。一九四九年米切爾因車禍去世時，此書已在四十個國家銷逾八百萬冊，是除了《聖經》之外，精裝本銷路最大的書籍，至今每年還以數十萬冊的銷量持續增長，數字反映《亂世佳人》確實是一部廣為讀者喜愛的作品。

《亂世佳人》這部長達一千多頁的小說，甫出版，當年著名製片人塞茲尼克（David O. Selznick）便以天價五萬美金買下它的電影版權。據云單是導演就前後換了四位，應徵女主角郝思嘉（Scarlett O' Hara）的女星多達一千四百人。英國女星慧雲李（Vivien Leigh）脫穎而出，她的演技與美貌被譽為無懈可擊，邱吉爾曾說：若然《亂世佳人》沒有慧雲李，電影不會這麼成功。慧雲李確不負眾望，成為第一個奪得奧斯卡最佳女主角金像獎的英國演員。估計全世界看過這部電影的人超過三億。

《亂世佳人》可說是文學史上，最成功的電影改編原著。山間行草的一篇文章指出：一九三九年底，《亂世佳人》

在米切爾的家鄉——喬治亞州的亞特蘭大城首演；一夜之間，這個約三十萬人口的城市，從全世界湧入超過一百萬的訪客，市政府不得不宣布當天全市放假。第二年《亂世佳人》拿下當年包括最佳影片、最佳導演、最佳女主角等的八項奧斯卡金像獎外加兩個特別獎。這個十項大獎的紀錄，一直到二十年後，才被《賓虛》的十一項所超越。《亂世佳人》在上世紀已被定位「美國十大」和「世紀百大」名片之列，相信要選「最好看的電影」一定也會名列前茅，迄今的觀賞人口，事實上已無法估算。

讀過《亂世佳人》的都不難看出，小說裡的一個主要人物白瑞德，無疑是以貝里恩 · 厄普肖為原型創作的；白瑞德個子高大威猛，身材魁梧，肩膀寬闊，肌肉發達；他長着一張黑臉，黑得像個海盜，額頭高高的，一對烏黑狂放的眼睛分得很開，修得短短的黑髯子底下露出獸牙般的白齒，豐滿的紅嘴唇上，是一個瘦瘦的鷹勾鼻……都是依照厄普肖的外形來寫的。當年飾演白瑞德的奇勒基寶（Clark Gable），他對女主角慧雲李說的：「老實說，親愛的，我實不在乎！」（Frankly, my dear, I don't give a damn.）此句已成為美國電影學會（AFI）選出的美國百大電影最經典對白（由一千五百名評審員從四百句對白中選出）。

厄普肖是誰呢？厄普肖是瑪格麗特．米切爾的第一任丈夫，他們於一九二二年九月二日舉行婚禮。然蜜月之後，朋友們就從新婚夫婦之間的態度上看出，他們的婚姻似乎並不幸福。厄普肖是個保險公司的推銷員，為人放蕩不羈，無心向學；很會揮霍，穿華衣開靚車，口袋裡總有幾個錢，據云是參與販賣私酒，是以口牌並不好。他的朋友們大多覺得他雖然聰明能幹，卻非常專橫跋扈，又性慾過強，道德敗壞，惋惜米切爾對男性太缺乏鑒賞力。米切爾的父親和祖母也不喜愛厄普肖，擔心孩子會受他的不良影響；可是熱戀中的米切爾哪會聽得進逆耳忠言，何況這位個子玲瓏、腰圍十九英寸、自稱是二十年代最不受傳統約束的少女，她平時抽煙、喝酒、看最有爭議的書，毫不顧忌地跟男性調情，她認為厄普肖既然是個單身漢子，有性要求也是合乎情理，只覺得他放棄學業，販賣私酒，斷送了美好的前途，未免可惜。

米切爾依然與厄普肖來往密切，兩人一起閱讀和欣賞情色小說，而在與朋友們的交往中，則隱瞞了自己與厄普肖的深層關係。她後來曾自責，說她在蜜月旅行中曾對厄普肖談起過與前度男友亨利的浪漫感情，還給亨利家寄去過一張明信片。亨利是一名青年軍官，十七歲畢業於哈佛

大學，個子高大，皮膚白皙，能背誦莎士比亞作品中的詩句或章節，與米切爾一樣地喜歡跳舞，可惜於第一次世界大戰，被德機炸穿了胃，一九一八年十月六日逝世。

米切爾與厄普肖的婚姻只維持了兩年，一九二四年離婚。同年，她在《亞特蘭大日報》任特寫記者，戀上了同事約翰．馬什，一九二五年的美國獨立紀念日那天，米切爾與馬什舉行了婚禮。二十五歲做第二次新娘的米切爾，這趟真的找到了生命的另一半，一九二六年她辭去報社的工作，集中精力創作。馬什不但對她的創作鼓勵有加，且為她借來許多有關南北戰爭的書。《亂世佳人》便是這樣寫成；當然，其間要不是夫婿馬什的嚴厲督促，米切爾可能放棄這項已在進行的工作。《飄》在文學史的地位，儘管有論者指出絕比不上《亂世佳人》在電影史的地位，不過，米切爾成功創造出郝思嘉、白瑞德、湄藍、艾希里這幾個鮮活的人物典型，已足以使她不會隨風而逝！何況一般成見對太好看太暢銷的書，意識上總先認為一定不「偉大」。我則認為，若然米切爾不是因車禍早逝，她應該會再寫一、兩本精彩的長篇小說。

《亂世佳人》電影海報

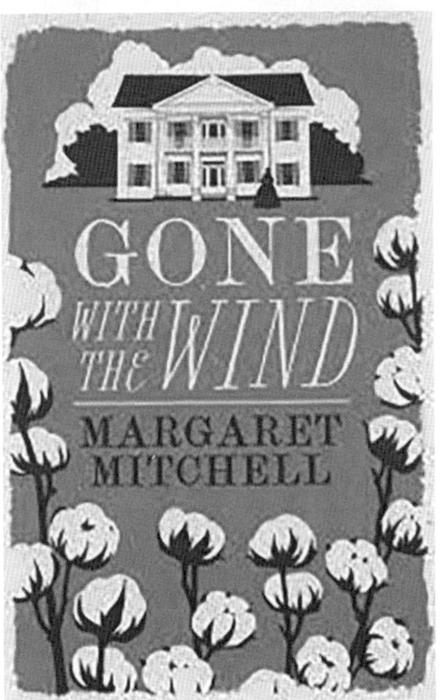

電影《亂世佳人》原著
《飄》書影

都市生活

手機·廢話·隨想

手機的流行，除了證明千里信息可一「機」牽，海角天涯你再也沒有私人空間；傳情達意太方便了，噪音多了，以前一程半小時的巴士或地鐵，可以專心的看小說讀報紙，或者閉目小睡養神；自從人手一機後，在公共場所，你再沒法安寧。手機打破了很多社會禁忌，人們在交談的時候接聽手機，或者在如廁時大聊特聊——英國曼徹斯特都市大學的社會心理學家戴維·霍姆斯說，許多禮儀因為使用手機而破壞。

四體不勤，五穀不分。人的器官許多都在退化——包括管創意的右腦，唯獨「死剩把口」，這是我根據進化論推算出來的。話，說多了，跟文明有關係嗎？人，是否愈長大就愈多廢話？張大春說他討厭廢話，他指廢話就是沒有意思卻假裝有意思的話——就是那個「假裝」的成分叫人討厭。張大春認為孩子是不說廢話的，他們努力學習將字與

詞作準確的連結，因為他們說話的時候用腦子。

人，也許長大了就懂得虛張聲勢，假情假義的客套廢話太多了；孔老夫子對巧言令色之徒沒有好感，確有道理。張大春舉了一個實例：他問其幼女張宜：瀑布是甚麼？其女想了想，說：明明沒有下雨，卻有聲音的水。張大春喟然感曰：就客觀事實或語詞定義而言，她並沒有「說對」，但是她努力構想了意義，不廢話——不廢話是孩子的美德。像我，自問有多少「詩人氣質」，難免就要運用點想像，說瀑布像我初戀情人的秀髮如此這般的動人心魄，當然，為了表示我的博學，自然又要引經據典，起碼要搖頭晃腦的唸唸有詞：飛流直下三千尺，疑是銀河落九天。

成人世界廢話屁言太多了！凡事總有例外。邁克・弗拉納根（Mike Flanagan）於《關於時間：歷史有多長》舉了一個好例子：一八六三年十一月二日，戴維・威爾斯邀請亞伯拉罕・林肯在國家烈士公墓的祭奠儀式上說「幾句得體的話」。這裡是前一年七月葛底斯堡戰役發生的地方。演說家愛德華・埃弗里特也被邀請，並在十一月十九日的儀式上做了兩個小時的演講。下午三點左右，林肯站了起來，發表了他一生最重要的演講，整個演講只有二百七十二個詞。這無疑是長篇大論與短小精悍的對比，也是喋喋不休

與惜墨如金的映襯。詩人余光中指出：有人說話如參禪，能少說就少說，最好是不說，盡在不言之中。有人說話如嘶蟬，並不一定要說甚麼，只是無意識的口腔運動而已。

一語而妙天下，像林肯字字珠璣的演說，真是可遇不可求！毛澤東一九四九年十月一日在天安門城樓上宣稱「中國人民站起來了！」確是一語振奮整個民族魂！

人的一生，聽喋喋不休的廢話總是多於聽到精言警語的肺腑之言。南方朔譯介美國普林斯頓大學道德哲學教授 Harry G. Frankfurt 的《放屁！名利雙收的捷徑》(*On Bullshit*)，薄薄的一本書，伴一杯香濃咖啡，一個下午就啃完，內容不多卻蠻有意思；台大哲學系教授林火旺於推薦序稱，如果我們每一個人在表達意見之前，都先想想自己有沒有在放屁，相信我們的空氣一定會比較清新，我們的心情也會比較愉快。書中有一個例子令人反思再三：維根斯坦曾以其哲學精力，專注於辨別以及反擊他視為陰險狡猾並且具分裂破壞性的「無厘頭」模式，而在個人生活上他也像這樣吹毛求疵，有段他與朋友法妮亞．巴絲卡 (Fania Pascal) 有關的故事可以說明一切。

巴絲卡是一九三○年代他在劍橋大學認識的，巴絲卡後來在回憶裡說道：

> 我扁桃腺發炎腫脹，住進艾弗琳療養院，覺得很不舒服，維根斯坦來訪，我發牢騷說：「我覺得自己像隻被車輾過的狗。」他很厭惡的如此回答：「妳根本就不知道一隻被車輾過的狗是怎麼感覺的。」

巴絲卡的一句感想，竟令維根斯坦大唱反調，維根斯坦想必是個心繫一處，守口如瓶的人，他理應是個出色的特務或「臥底」而不是個哲者。站在普通讀者如筆者之流，巴絲卡用「病得像狗」比喻自己的感受，恐怕不至於惹人討厭吧？

作者指出：讓維根斯坦不悅的，乃是巴絲卡在描寫一種情況時，並未真正的自我約束以對事實做出準確的陳述。巴絲卡的陳述缺乏一種在乎事實的關切，這種認為事實真相如何都沒有差別的態度，維根斯坦認為就是狗屎或放屁的本質。因此，當一個人有責任或有機會，針對某些話題去發表超過了他對該話題相關事實的知識時，放屁的行徑即被刺激而出。「知之為知之，不知為不知，是知也」。通常，我們在大大小小的會議上，難免會碰到事無大小，都會有些雌雄物體的人強認專家，樣樣都可以似是而非的扯上一把，毫無節制的放屁！猶幸當今再沒有像維根斯坦那樣「執着」的哲者，否則會議必成戰場或者不歡而散。

作者最後提醒大家：當大家以「誠意」為名，相信自己才是最後標準時，所謂的「誠意」，也就成了放屁！

《李敖有話説》那樣揚名，當謹記卡萊爾的妙句：語言屬於時間，靜默屬於永恆。放屁太多，理應調節腸胃。當然，你仍可死剩把口：公共場所全面禁煙後，民主社會，我依然有放屁的自由！

《放屁！名利雙收的捷徑》
中文版書影

《放屁！名利雙收的捷徑》
英文版書影

網絡文字・符號天書

網絡文化很大程度改變了傳統的書寫習慣。敢作敢為娛樂至死的一代才不理你甚麼中文的「常態與變態」，也不會睬你啥是歐化西化，要言之，我自言我道，在文字加上數字符號以達象形或會意的目的、簡短日常語言等效果；寫的過癮，看的隨意，大家都無壓力，好！

北京大學中文系教授王岳川為《網絡文學批評論》寫的序言指出：傳媒時代使得現代性主體正在走向泛化與虛擬化。作為現代性藝術家的主體已不再是主體中心，「主體消失」、「作家死亡」(羅蘭・巴特)的說法在解構主義者那裡，成為了後現代習以為常的景觀。主體的談論與過去的追求完美，如《紅樓夢》中說的「滿紙荒唐言，一把辛酸淚，都云作者癡，誰解其中味」那種「增刪五次」、十年充滿血和淚的寫作，已經不再。

甚麼是「後現代習以為常的景觀」？據王治河《後現代

主義辭典》的說法，倡導多樣性，推重多元化，是後現代主義的又一大特徵。這與世界格局中的政治的多極化，經濟的多元化是相呼應的。具體表現為：生活方式的多樣化，價值取向的多樣化，審美趣味的多樣化。相應地，在思想上，後現代推重一種多視角看問題的思維方式。

活出自己的風格，活出優雅，活出美，是福柯等後現代思想家對「新人」的企望。網絡「新人」大多都具此類「後現代」的意識。當然，網絡寫手可以盡情地虛擬一切，男變女，女變男，醜男變美女，豬扒變神牛，粗口大漢搖身即成溫柔詩人，總之，他們無需任何生活閱歷，只要展開想像的翅膀，天馬行空，恣肆無忌，橫行露底，直立露點，沒負擔，低成本，但求精神排泄，只顧暫時暢快。在如此前所未有的純娛樂時代，除了有部份精品外，更多的是情緒化的夢囈、語病迭出、胡言亂語的文字垃圾；網絡「新人」大可以笑說：我只不過學小孩吹個泡泡，怎麼就當真了！哈哈哈……

網絡書寫的另一個特色便是符號橫飛，「／／／」表示下雨，「:)」表示微笑，「TOT」表示流淚和大喊；這種「語言」最早源自韓國，廣州《南方日報》的記者指出，隨着以韓國少女作家可愛淘領軍的「韓流」青春系小說進入中國，模仿

《那小子真壞》、《狼的誘惑》滿篇網絡聊天符號的小說，也開始在中國市場上熱銷。這種以符號為時尚、李商隱翻生也猜不透的書，被媒體封為「符號天書」。據云以校園愛情生活小說為主題、用符號表達小說內容的青春小說，有人統計過，符號使用最頻繁的時候，佔據的篇幅多達 80%！

試想像，若然滿紙：「最近有甚麼可以 818D？」「聽說 AMM 稀飯 BGG。」「真 BT！」「7456，哼！」「TMD！我 ft 了！」「886！」「CCUE！」看官，如此滿紙火星文，你知道以上對話說些甚麼嗎？且讓我這個火星人告訴你：

「最近有甚麼八卦啊？」「聽說 A 美眉喜歡 B 哥哥喲。」

「真變態！」「氣死我了，哼！」「他媽的！我暈了！」

「拜拜嘍！」「事事如意！」

廣州購書中心的工作人員透露，像以上的「符號天書」非常暢銷，開始不斷地出續集，可愛淘系列圖書，在中國內地的銷量已超逾 200 萬冊，《那小子真帥》已出版至第三本。少女作家郭妮在二○○五年以筆名「小妮子」出版了《惡魔之吻》、《龍日一，你死定了》等六本「符號」圖書，掀起了一股小妮子狂潮，單本最高銷量逾六十萬冊。

台灣把一般人看不懂的語文稱為「火星文」。據悉有學者以「火星文」出題，考題是：「3Q 得 orz」。猜到是甚麼

嗎？原來是「感謝得五體投地」。當中的 3Q，嘿嘿，是英文「thank you」的諧音，而 orz 卻是一個人匍匐在地的「象形文字」。火星文入侵考場，台灣的教育可謂與時並進？順應潮流？跟貼大趨勢？更多的指摘認為教育把關者的縱容與附和，無疑將使語文受污染的問題更形嚴重。《聯合報》28 屆文學獎新詩組首獎得主陳羿溱如此調侃「火星文」：同樣書寫於台灣但需要翻譯／文字被當成貼紙，隨意黏貼且固定換季／退化成聰明的單細胞生物並繼續／放進試管裡實驗，直到／部首完全溶解／彷彿一尾尾健忘的魚在水中忘記如何呼吸／少男少女就在旁邊指導換氣。／游動的名詞是一列列難解的密碼／我們也開始攻讀符號學／否則滿嘴辭藻的蛀牙如何能／細細咀嚼文化的深華

——真是把「火星文」的外形內貌寫活了！

有學者對符號文字的語言污染持寬容態度，覺得不必大驚小怪，年輕人好玩愛「酷」，時間會慢慢將之淘汰。有論者則深以為憂，認為不捍衛正統文字，假以時日，為數龐大的火星文「粉絲」，他們對漢字極度排斥的心理已根深蒂固，屆時，龐雜無章的文字系統勢必經歷一番大整頓。今年三月，上海市實施《〈中華人民共和國國家通用語言文字法〉辦法》，規定在上海的政府文件、教科書和新聞報道（除

客觀需要外）不得出現諸如「美眉」、「PK」、「粉絲」等網絡流行語言，把亂用網絡流行語言首次提升到「違法」的高度。汕頭大學副校長林倫倫覺得政府未免小題大做，皆因語言的意義就在於使用、理解和交流，網絡語言已達到它作為語言的作用；何況，語言的流行是約定俗成，生生不息的，哪些被淘汰，哪些被留下以致成為規範，不是靠官方的力量可以左右。優雅千錘百鍊的書面語，讓文學大師去苦吟艱辛經營吧！

甚麼是「火星文」？

「火星文」是青少年上網最喜歡使用的文字，由中文、注音加上英文字母及一大堆數字、符號組成。但在台灣社會，火星文的另一種解釋是因書寫者的疏忽或者能力限制而造成令人無法理解的文句，後來則引申為流行於台灣年輕族群中，一種刻意為之的次文化用語，融合了各種語言、符號。

透過網絡互動，網友可以有一套互有共鳴的「語言」，不同的字碼或字母組合令創作火星文字成為一種富創意和挑戰邏輯思考的鍛煉。這種思考有別於一般既定的邏輯規範，而是一種有跳躍性的、創造性的思考。另外，由於火星文不講求精確表達文意，只求快速傳遞資訊，因此非常

節省時間。

多年前網路流行把中文成語以諧音譯為英文的把戲，例如：

Jason loves Jason（潔身自愛）

Chow two's, jog pan（狡兔死，走狗烹）

Blue who say and who's（不入虎穴，焉得虎子）

Even game win even so whole（一分耕耘，一分收穫）

Cheap tower book to put topic, but cheap tower doubt to put topic（吃葡萄不吐葡萄皮，不吃葡萄倒吐葡萄皮）

比如網路常見的案例：

【火星文】曾經u1份金誠di擺在挖d面前，但4挖迷u珍c，斗到失7 d 4候才後悔莫g，塵4間最痛苦d4莫過於此……

【地球文】曾經有一份真誠的愛在我面前，但是我沒有珍惜，等到失去的時候才後悔莫及，塵世間最痛苦的事莫過於此……

（資料來源：維基百科及火星文網）

讀書人少　寫書人多

卡爾維諾在短篇小說〈書癡〉裡，描寫一位青年如何在與女士調情的懸疑、緊張時刻，還想忙裡偷閒的多看幾頁書。即使最終他和她擁抱並倒在氣墊上，仍不忘抽出一隻手來，將書籤夾在正確的頁碼。如箭在弦還如此舉止，所為何事？原來此書癡憂慮——當心急火燎地想繼續往下看的時候，還得翻來覆去地尋找頭緒，那是再討厭不過了。

真實世界，恐怕是「情癡」多過「書癡」。英國十八世紀文豪塞繆爾・約翰遜（Samuel Johnson，1709-1784）說得坦白可喜：人如果能有其他消遣，大概都不願讀書。清代大儒顧炎武（1613-1682）則認為：讀書不多，輕言著述，必誤後學。書生之見，不必理會。當然，不讀書不著述，也可以驕傲的活下去。多讀一點書，也許說話懂得委婉一些，像朱德庸漫畫某男向靚女示愛，單刀直入：我能不能上你的床？女大怒，於是改口：我能不能明天早上從你床上下

來？女含羞答答。換了是詩人，大抵會再曲折些並充滿想像：我多麼希望是一朵睡蓮，明早，悠悠，醒自你的鴛鴦香枕！

緊張的城市生活，你有壓力我有壓力，哪個傻瓜會「發憤識遍天下字，立志讀盡人間書」？先前讀王岫一篇文章，指美國的「國家人文藝術基金會」（National Endowment For the Arts，簡稱 NEA），今年開始推廣「大閱讀」（The Big Read）運動，主要目的是促進文學閱讀的復甦，期使文學作品成為美國大眾文化的一環，倡導民眾從閱讀文學中得到樂趣和啟蒙，用心可謂良苦。促使「大閱讀」的關鍵，在於 NEA 的文學組，二〇〇四年與美國國家普查局合作，完成了一篇《閱讀的危機：美國文學閱讀的調查》（*Reading at Risk : A Survey of Literary Reading in America 2004*）的研究報告。

有關報告以一萬七千個調查為樣本，指出閱讀的三大危機：第一，不到一半的美國成人還會閱讀文學作品（指傳統的小說、散文、戲劇和詩集）。第二，過去十年，美國成年人每年能閱讀任何一本書（只要一本）的人數，已減少百分之七（是以我們怎忍心指摘貌美如花的港姐佳麗介紹一本書時會推介《老夫子》和《字典》）。第三，各年齡層的文學

閱讀人口皆在衰退之中，特別以青少年最為嚴重。

這篇報告，對於像我這種與文學稍沾上邊的並不會感到有甚麼驚奇；文學——向來都只是一小圈子的事或淪落成一小撮人的意氣之爭。香港，猶幸還有個叫小思的人物。

不過，在一片悲觀的論調中，《出版家周刊》的資深編輯 Jim Milliot 接受《紐約時報》訪問時表示，這結果並不算新聞；有書評則指出，調查着重的是文學作品，可是傳記、政論等非文學書類的銷售，其實逐年增加，也擁有固定的讀者群。再說，有關的調查將「閱讀」界定在讀「書」，而不包括閱讀雜誌、電子書或網站上的資訊。

台灣資深媒體人張作錦在一篇文章裡感慨：台灣有出版社約七千家，每年出版新書四萬三千種，以人口二千三百萬計，每一萬人得新書十八點七冊。美國有出版社六千家，每年出版新書十二萬冊，以人口二億九千萬計，每萬人也不過得新書四點一冊。以嗜愛讀書的日本人來說，有出版社四千五百家，每年出新書七萬冊，人口一億二千萬，每萬人分配新書五點八冊，較之台灣的十八點七冊，遠遠落後。除了英國每萬人新書二十一點六冊之外，台灣排名全球第二。

然而，出書多並不代表讀的書多，這與藏書多不一定

讀書多的道理一樣。日本平均每人每年讀書二十八本，台灣平均二點八本，是日本的十分之一。台灣書籍的銷售，顯示在國民消費習慣上是怎樣的呢？根據二〇〇〇年的調查，披露如下：「娛樂教育和文化服務」佔家庭總支出百分之十三點五二。在這個數字中，「旅遊」和「娛樂」兩項佔了一半，「書報雜誌文具」只佔教育文化的百分之五點五七，折成台幣是五六四點六元，除去報紙、雜誌、小說租金等等，用於購書者只有台幣一八一點三元。換言之，台灣平均每人每年只花約六十元港幣，卻支持了七千家出版社，撐起了每年四萬三千種新書的印行，這真是神話！

說到讀書人口減少，不但歐美如此，日本出版人更面臨着空前困境，書籍滯銷不前；著名出版社 Misuzu 書房前社長加藤敬事喟然嘆曰：以前，出版業一直有一個相當穩固的讀者群支撐，例如 Misuzu 書房出版的人文及社會科學書籍，新書印量最少三千冊，可是，隨着日本經濟趨緩的九十年代後到現在，印量已減少了一半，可悲的是，日本經歷了社會天翻地覆的轉變，出版業界似乎不再清楚到底哪些是他們的讀者，也不知道該從哪裡跟他們接觸。資訊科技發達，求知若渴一書在手的畫面都給尖新的電玩、iPod、手機取代了嗎？約翰遜果然是個望遠方的高人智者，他斷不會如「矮人看戲何曾見？都是隨人說短長」的人云亦云。

閱讀的世界竟然充滿弔詭。一篇傳真報道，儘管閱讀人口逐年減少，提筆寫作的人卻逐年增加。一九八二年，一百一十萬美國人表示自己曾經從事寫作；二〇〇二年，提筆的人，增加到一百五十萬人。看來，美國人樂於抒發己見，當中渴望如丹．布朗憑一本小說《達文西密碼》而名利雙收者大有人在。多讀經典文學，有助於打造自己成為炙手可熱的作家？依我看，文學的三大危機仍然未解決。書展年年逼爆，讀書人口年年減少；買書人少，寫書人多，這個社會真奇怪！

御宅族．寄生族．隱閉青年

科技愈進步，人與人之間卻似乎愈來愈疏離。不是嗎？年輕人只要有一部 iPod、一本輕巧的記事簿，就可以在公共巴士上、地鐵上埋頭苦幹，完全沉醉在自己的天地；就算是小朋友，只要手上有一部遊戲機，大抵阿爸姓乜亦忘記；更多的人忙於撥弄手機……總之，科技以人為本，世界都在自己掌握中。人的生活——彷佛變得簡潔；那簡潔，卻又不是鄭板橋一副對聯所說的那麼令人賞心悅目：刪繁就簡三秋樹，領異標新二月花；那簡潔，可是天地與我何相干的孤寂與自閉。

以下是日本「御宅族」一個自閉的例子：今年三十二歲的電腦工程師麻佐，他與小葉、伊梨同居在一個幾十平米的公寓裡，乍聽起來，麻佐好像享盡齊人之福，令寡佬一族豔羡不已；然而，兩美只是與真人大小一樣的玩偶。麻佐並沒有娶妻生子的念頭甚至找女朋友的打算，他每天為小

葉和伊梨梳頭髮，輕憐淺愛的跟她們說悄悄話，考慮到小葉的迷你裙過短，他特意把小葉的雙手放在她的膝蓋上，柔情蜜意的呢喃：唔，這樣就像個淑女。麻佐視小葉與伊梨是他的夢中情人。為了防止鄰居說三道四，麻佐長期把窗簾拉下來，活在自我的一簾幽夢下。

在日本，像麻佐這樣的人，據云愈來愈多。他們被稱為「御宅族」（Otaku）。據《維基百科》的解釋：一般指熱衷於動畫、漫畫及電腦遊戲等次文化的人（按：坊間所謂的ACG迷，Anime、Comic、Game的簡稱）。這詞語在日文中原用以指稱他人而常因此帶有貶義，但目前已普遍為各界人士使用而趨於中性，其中也有以自己身為御宅族為傲的人。相對於歐美地區的動漫迷來說，這詞語的褒貶感覺因人而異。目前，日文的御宅族一詞，有擴及適用在熱衷於主流文化的興趣、甚至是在職業領域中具有較深造詣的人的趨勢。

顯然，御宅族有別於日本另一種勢力——「寄生」一族。據劉黎兒說，日本晚婚化情形愈來愈嚴重，一九九五年時，三十至三十四歲男子的未婚率為百分之三十七點三，女子為百分之十九點七；這些男子半數與父母同住，即一百萬名三十至三十四歲的男人是寄生的單身貴族；同

年齡的女人則有七成，即六十六萬名女人，同樣愛高歌「世上只有媽媽好」而寄生在娘家。說是「寄生」，看似委屈，事實是：這些單身貴族享受寄生之樂而不疲，即令有可以婚嫁的對象，也覺得不如寄生，不願輕易結婚。早在九七年二月，日本媒體稱這些人為「Parasitic Single」，皆因當時瀨名秀明的恐怖小説成電影大收旺場，使「寄生」（Parasite）這個字大為流行。

劉黎兒認為「寄生」並不貼切，原因是當年經濟好，寄生的未婚男女，不會吃垮父母，父母也不覺得麻煩，寄生者適度從父母處繼續吸收營養，享受延長的青春期，雙方並不真正厭惡這種關係。這一點也不含污穢，陰暗的成份，是一種彼此都愉快的寄生。

文首提到的御宅族麻佐，他在家並不靠父母，他談戀愛的玩偶小葉和伊梨，是他花了六千多美元（約五萬港元）買的，還要時不時給她們添衣服，置裝費比他上班的衣服更貴；他熱愛的漫畫和尖新的電玩亦價值不菲。御宅族顯然是有較高消費能力的一群，據調查，二○○三年，御宅族僅在漫畫和動漫電影上的消費就已七億六千七百萬美元；經濟學家估計，御宅族經濟包括：在網絡上拍賣玩偶、動畫、電片、卡片等等，其市場估計可達二百六十億

至三百四十億美元。當今日本的第一線動漫畫人，十個倒有七個是御宅族，像九十年代的代表動畫公司 GAINAX 的創立者之一岡田斗司夫就是公認的御宅王，其公司的成員亦是以御宅族組成，漫畫界近年大紅大紫的赤松健（代表作《純情房東俏房客》、《魔法老師》）、藤澤亨（代表作《麻辣教師》、《特工》），兩人都是非常典型的御宅族。

「御宅族」——就字面來說，指「待在家裡的人」，但日本將這個詞用在描述擁有某種嗜好、程度幾近瘋狂或狂熱的男性。要成為一個御宅族並不容易；有人從消費、行為、技能上設計了一百題問題，每題一分，我連一分也拿不到；在日本，Otaku 一詞仍是禁忌，究其因，御宅族由於對次文化產物過度熱衷，易被社會大眾視為不事生產的一群。此外，收集某些次文化產品如槍枝、色情內容品等，可能會因此被視為潛在罪犯；一九八八年，日本曾經發生過轟動世界的「東京琦玉縣連續幼女誘拐殺人事件」，犯人宮崎勤家中，被搜出藏有大量的色情動畫錄影帶，使 Otaku 母群體的聲譽備受質疑。

事隔多年，「宮崎事件」只不過是日本社會對御宅族的排斥行為的一個藉口，更大程度，御宅族過分熱衷特定領域，整天活在虛擬的世界，彷彿是一尊帶肉的骷髏，其中不

少人對於人際關係與社交能力，相對於一般人而言明顯欠佳，社會對這族群的觀感，漸覺得他們是病態的，是冷漠大都會中的暗角人物，在富裕物質和高科技下衍生的異化族群，是生活在幽暗密室，不想長大成熟的人。

御宅族絕不等於「隱閉青年」。隱閉青年是指一些把自己困在家裡，不肯上班上學，甚至不願出街的人。日本的御宅族有些被稱為「秋葉系」的人，原因是他們愛逛秋葉原，希望第一時間買到最新的ACG和電腦產品。單是這個「逛」字，已不符合隱閉的定義；御宅們即使多不願意見人，可要盡量打工賺錢來滿足自己的購買慾。隱閉青年躲在家不事生產，不肯向自己的生命負責，根本沒有消費能力。據香港基督教服務處的說法，香港的隱閉青年多來自低下階層，他們的房間可能連電視或電腦都欠奉，更不可能有閒錢買動漫精品。有論者指出：兩者是不同性質的族群，隱閉青年只有一部份是御宅族，御宅族不一定是隱閉青年。套劉曉慶的話說：做御宅族難，做真正的御宅族更難，做追得上潮流的御宅族是難上加難。

在《電車男》熱潮的推波助瀾下，御宅族的形象大有改觀：小說讓人們意識到御宅族一樣可以「溝女」；其次，網友在留言版上互相聲援支持，讓人感受到原來御宅族世界是有友情的，世界並非如此冷。香港難有真正的御宅族文化，劉細良曾指出本地雖有大批喜歡動漫及電玩的年青人，他們與御宅族有些相同的地方，但本質卻有別。譬如說，日本高達迷玩高達，可以當學術般研究，香港的只是跟隨者，玩得很表面；本地有所謂的「御宅族」，但為數很少，未能凝聚成社會族群。

倫敦瑪麗皇后學院文藝復興研究教授麗莎·賈汀（Lisa Jardine）於〈科技如何影響社會變遷？〉一文的結語指出：歷史帶給我們的教訓似乎是，在科技的進展過程裡，我們應該繼續謹慎而堅定地跨出每個新的一步，同時為大多數人的利益，而非為滿足那些安全無虞、生活舒適、不虞挨餓者，去迎接每個新的挑戰。旨哉斯言，我們都不願見到科技的日益進步，把人推向冷漠的自閉世界。

電車男既已食人間煙火，自閉青年理應踏上康莊大路，高歌：妹妹你大膽的往前走啊，莫回頭……虛擬的愛，畢竟是對現實的無能。滾滾紅塵，不瀟灑走一回，你給我做個追上尖端潮流的御宅族，我是不會甘心的！

我的博客情緣

想要走出文化的封閉圈，不妨打開電腦，敲鍵進入兩岸三地作家的博客網站。資料顯示：世界上，每五點八秒誕生一個博客。博客遍布全球每個角落，有成千上萬人同時在電腦的顯示器前辛勤筆耕，記錄下他們或偉大或瑣屑的見聞與思想。與此同時，還有幾千萬人正在網上瀏覽、點擊着別人的博客。我習慣先查閱自己喜愛的作家博客，再查找一些新的面孔，看看有沒有值得借題發揮的題材。

最近，我在《中時電子報》的作家博客（台灣稱「部落格」）讀到一個叫「貧窮男」貼上去的文章——〈大便大出愛〉。文章圖文並茂的詳述一位叫鄭詩雋的行為藝術家，他老哥一日一排便，大了十四天，拼成一個「愛」字，並煞有介事的製成錄像：畫面一開始在白茸茸的長毛毯上，出來一個人背後的下半身，蹲下來就拉了一條便便，便便從肛門緩緩探出頭來，慢慢變長，懸在半空中，然後夾斷垂落在

白長毛地毯上，然後是一條接着一條，一天接着一天，不斷地變換姿勢，調整便便的落點，全長七分多鐘，十四天的大便構成了這個作品「大愛」，華麗與腐敗共存，愛與便便共生。

老天，難道真的「道在屎溺」？大便真的是藝術作品？網友的迴響有的覺得「噁心」，有的「感動」，有的恐防十四天拼出來的「愛」會發霉，建議集體創作就可節省時間，有的倡用「液態氮冷凍法」，這樣便便就不會發霉；有的大發偉論：早從達利小時候就開始了糞便美學，但我們竟然還在「牽手就會懷孕」的幼稚園國度裡，恐怖的是我們認為那是真理。

事實上，大便作為藝術品已不是甚麼新事物。一九八八年，在達達主義宣言七十周年，台北市立美術館舉辦了「達達的世界」，開幕時藝術家李銘盛在美術館以行動藝術，排泄了一堆屎向達達主義致敬而開始走紅。早幾年，美國紐約布魯克林美術館展出藝術家用大象大便作畫的作品，因題材牽涉宗教，紐約市長介入，威脅要撤畫否則刪除美術館預算而掀起軒然大波，結果大便獲勝而紐約市長給搞得灰頭土臉，一肚子宿便！

「作家博客」常予我閱讀的驚喜，像發現馮唐，愛

上徐靜蕾——這個刷新了中國所有博客點擊量的紀錄（一百一十二天衝破一千萬點擊量），目前，其「老徐的博客」日點擊量維持在每日三十萬左右。《南方都市報》道出其中真諦：天涯之遠的女明星，變成了鼠標移動間就可以對話的「老徐」，而且充滿了煙火。徐靜蕾的博客，堪稱領悟了博客的真諦，內外兼修，真功夫。在她的博客裡，女孩間的小聚會、鬥地主、打桌球、和家人鬧點小別扭……味味皆可入藥，隨和親近。一個女作家說：所謂的名牌其實很像藝人，藝人會因為某些個人特色忽然受到重視而爆紅，但也會逐漸失去新鮮感而喪失地位，不斷創造話題是藝人維繫人氣的必要手段。博客，善用者就是懂得不斷創造話題。

有人這樣說：如果把論壇（BBS）比喻為開放的廣場，那麼博客就是你的開放的私人房間；可以充分利用超文本鏈接、網絡互動、動態更新的特點，在你「不停息的網上航行」中，精選並鏈接全球互聯網中最有價值的信息、知識與資源；也可以將你個人工作過程、生活故事、思想歷程、閃現的靈感等及時記錄和發布，發揮你個人無限的表達力。徐靜蕾的博客充分體現博客三個主要概念：頻繁更新（Frequency）、簡潔明瞭（Brevity）和個性化（Personality）。

徐博客深得此中三味：博客挺好。想寫文章寫文章，想發照片發照片，心裡不痛快了就發發牢騷。想肉麻抒情也行，想極度自戀也可，其實破口大罵也沒問題，只是容易傷了自己，所以就不必了。倒是很自由自在的，都是自己想說的話想幹的事情。……我雖然沒有看過徐靜蕾自編自導自演的電影《一封陌生女人的來信》，可是哪有甚麼關係？老徐的生長、戀愛婚姻觀、穿衣哲學、一手漂亮的書法都離我很近，反之，我身邊的女友離我很遠……唉，今夜，微風吹動了我的頭髮，教我如何不想她？老徐，你可知道我也是白羊座的嗎？血型也是B啊！老徐，在體態上我才與你有點分別，你四十九公斤，我九十四公斤，合起來可是Lucky Number啊，老天就是不肯讓我早點認識你。

無論如何，我已深深的愛上博客這玩意——儘管有人覺得在交流的過程中，它並非成熟有序，涵蓋面廣的文化。甚至有論者稱博客精神的核心並不是自娛自樂，不是個人表達自由，相反，是體現一種利他的共享精神。為他人提供幫助。個人日記和個人網站主要表現的還是「小我」，而博客表現的是「大我」。若然如此，博客未免太沉重！我較認同以下的觀點：

網絡社會所代表的未來，是一個無法預知的未來。博客思想與寫作正在每天刷新着它們的無限可能性，而這恰是網絡社會給這個社會帶來的活力。

每天都要博客，是網絡社會公共的政治生活或私語生活的必然選擇。而用獨特的視角去觀察網絡社會各式各樣現象，就是博客生活的日常的狀態。正是無限的網絡生機給人們帶來的未來的可能性。

簡單至傻瓜也會建立的博客，它快速演變中的形式是一種真正的草根力量，人人都可以通過它盡訴心中情，也就不必太拘泥於形式。你博客，我博客，我沒有必要挑釁你——除非你有劉德華的樣貌，劉紹銘的文筆，否則，我怎會想在雞蛋裡挑骨頭！今日，你博客咗未？

答「港人無禮」辯

要細數港人的十大罪狀，無禮肯定出局。香港人出名「滑頭愛走精面」、憎人富貴嫌人窮、目光短視、急功近利、夢想不勞而獲、示威遊行都斯文過人、男人床上欠活力、過於追求名校名牌遂使所謂「補習天王」打橫行、不熱愛中國傳統舞只追求拉丁舞、不顧子女天分死要他們學鋼琴拉小提琴、讓鄰居左右隔離早晚忍受不必要的豬嚎劏雞般的痛苦、女人過於追求瘦身令港男有食無肉的危機感……

再說，要聲討一百個討厭在香港居住的理由，「禮貌城市」排行榜在三十五城市中排二十五亦非主要考慮因素。香港確實是個福地，蕞爾小島經常享創奇之樂，香港這顆東方明珠閃着的未來——她，不是一個毫無責任感的風流豔婦，情陷夜中環，色迷蘭桂坊，香港是個最適宜談談情跳跳舞的天堂，何必千里迢迢迷失東京、暴走佛羅倫斯、濕對威尼斯或把一對靚皮鞋冷落在巴黎五星級的豪華酒店客

房外？根據美國安布羅斯．比爾斯（Ambrose Bierce）的《魔鬼辭典》——天堂，在這麼一個地方，惡人們不再向你嘮叨他們的私事，因而不至於擾得你心煩意亂；而當你講個人瑣事的時候，好人們一個個都洗耳恭聽。

香港得天獨厚，早在一九〇〇年，日本作家大橋乙羽赴歐旅行之際途經香港，對英國殖民政策的巧妙有無限感慨：香港本為蠻煙瘴雨之地，然英國人經營巧妙，恰似坐擁大片荒地的大地主，在荒地上築劇場、闢射箭場、營酒家，甚至讓人開妓院，使土地熱鬧，人氣壯旺，化荒地為繁榮的市街，由是地價漸昂，待該區發展為一流地段後，再徐徐提升地租。英國人先慷慨開放港口，創自由貿易的途徑，讓中國人掌握商權而暗中收緊尺度。

在此情況下，港人生活程度年年提高，每歲課稅率亦上升，郵政、電訊稅項與十年前相比，竟逾三倍（見陳湛頤編譯：《日本人訪港見聞錄》上卷，香港：三聯書店）。衣食足而後知榮辱，文明禮儀於焉生矣！如今香港回歸祖國，在曾特首強政勵治下，經濟一片欣欣，失業率改善，偶爾出現一個狂躁的「巴士阿叔」，實不足以證明香港不是一個禮貌之都、文明好客之城。

坦白說，近幾年來，香港政府各機構，服務透明度高。

公務員晚娘般的面口不見了，稅局追稅、交警抄牌、男子漢截查身分證、申領車牌、換領智能身分證、過關檢查……無不令人感到香港公務員的親切。舉個親身經歷的體驗：我常到柴灣小西灣屋邨內一間郵局寄信或處理一些小郵件，去得多，那年青的職員總是笑容可掬，很多時更會給你專業意見，寄特快還是掛號便宜、空郵海郵相差若干……見有人龍，賣郵票的另一位職員會招呼你過去，這——在七、八十年代是難以想像的天方夜譚。

寫到這裡，記起熊秉元教授說過一個寄信的故事：話說某趟他去郵局，把牛皮紙袋交給櫃台的小姐，請她秤一秤有沒有超重，以便貼郵票。小姐把紙袋在櫃台上的磅秤一放，指針晃動兩下，剛好停在基本郵資的重量上。可是，小姐竟然說：超重，要多貼 X 塊錢的郵票。熊秉元教授說他簡直不敢相信自己的眼睛和耳朵，郵件不是明明沒超重嗎？你道那小姐怎麼回答，她慢條斯理的說：現在沒超重，等你貼上郵票，就超重了！哈！以前那些打政府工的公僕，即使是公立醫院的清潔大嬸，就有不少類似的嘴臉，我們習慣稱他們「寸」！

時移世易，你看連曾特首都拋掉煲呔，落區親民與大眾百姓嘘寒問暖、體察民情，與師奶阿伯大叔大嬸嘆杯港

式絲襪奶茶，吃個出爐菠蘿油，如此拉近官民關係，長官以身作則放下身段，試問五天工作的公僕又怎會「玩嘢」？怎會不遏力以禮服務香港市民？

公僕無官架，處事不官僚，香港人人愛！

說香港人無禮，我不敢苟同；要是你相信那些所謂「實驗」或者片面的調查，那無疑如劉備般天真。話說劉備入蜀的時候，有一陣子下令禁酒，違反禁酒令的要受重罰，舉報者則有賞。有人求賞心切向劉備舉報了一名四川富紳違禁。富商申辯謂自禁酒令頒布以來就沒喝酒，家中也沒藏酒。報案者說在富紳家中發現了釀酒的器具，私藏酒具不該有罪嗎？

劉備大怒，認為家中藏有酒具是何居心？罪加一等，收押候判。大臣簡雍在一旁伺候，不發一言。不久，在路上看見一對男女談笑甚歡，簡雍即向劉備建議：主公快把此對男女收押治罪，因他倆就要行淫！

劉備大惑不解，問何以知之？簡雍答：此兩人都隨身帶有淫具。劉備聞言大笑，下令釋放那家中藏有酒具的富紳。這故事見於《三國志．蜀記．簡雍傳》。

中國人向來是好禮的；美國傳教士亞瑟．亨．史密斯在中國生活了二十二年時，他寫了本《中國人的性格》，書

中力數國人的不是：如愛面子、漠視時間、缺乏同情、相互猜疑等等，不過，他稱讚國人講究禮貌，他反而擔心：中國的典籍上記載有禮儀準則三百條，行為準則三千條。一個民族揹負如此繁多的禮節，要延續下去似乎是不可想像的。他指出中國人已經設法把恪守禮節熔鑄成一種內在本能，而非外在的需要，就像他們對待教育一樣。

香港人秉承國人的傳統，加上懂得「走位及執生」，日常生活並不完全被傳統的繁文縟節所束縛，港人懂得在甚麼場合用甚麼禮數，深明禮貌是調解人際關係的潤滑劑，禮多人不怪——即使風雨過後，有需要，港人仍會把梁蘇記的雨傘送給你，這叫做「識撈」！

我相信史密斯二十二年的觀察多過數字遊戲的調查。香港人整體予人的感覺是有禮的，守規愛排隊；不過，要做到老子所說的「直而不肆，光而不耀」(剛毅正直，寧折不彎，堅持原則，但又避免與他人發生衝突；正大光明，普施恩惠，但不炫耀)，則仍有待修行，筆者願與大家共勉。

美國傳教士亞瑟・亨・史密斯的《中國人的性格》力數中國人的不是，卻稱讚中國人講究禮貌。

快活休閒工作狂

四十八歲的「嘟嘟姐」鄭裕玲，在影視圈有相當江湖地位。最近，她因愈活愈青春貌美而遭娛記窮追猛問整容傳聞，嘟嘟姐只是叉腰杏眼怒瞪，沒有發揮「香港惡女」本色。大家未知是否記得她在《男親女愛》劇集中奚落公司同事的經典對白：「你給我 OFF 啦。我不想再整天對着像你這樣低層次、單細胞的生物。」

想當年香港電影全面邁入黃金年代，嘟嘟姐一天要趕九組戲，雄霸影圈而贏得「鄭九組」美譽。筆者八十年代初在無線創作組做過三個月「講古佬」(Story Maker)，與鄭裕玲有面對面接觸，斯時已紅卻未升姐級的她，對工作的投入已令我這初出社會謀生的小子十分敬佩。

鄭裕玲主持節目時的伶牙俐齒令人激賞，她的《表姐，你好嘢！》造型已成招牌；我特別欣賞她拍劇集的全情投入，與周潤發於《網中人》的動情忘我嘴戲，令看過的人至

今仍回味。嘟嘟姐，你好嘢！劉錫賢等編劇的《小男人周記》，嘟嘟姐飾演一個沉迷於工作而忽視老公的工作狂。經典場面是：

一日老公求歡，她除去黑框大眼鏡，叉開雙腿說：來吧，還有八分鐘，紐約股市就要開盤了。老公一臉委屈：只有八分鐘啊？她不忿：你哪次超過八分鐘？

筆者欣賞工作投入的人，卻最怕與有工作狂者共事。他們的人生沒有黑夜白晝，二十四小時全天候戰鬥格，說開會就開會，而從來沒有散會的時間觀念，若然你有要事想先離開，他會揶揄：你支薪的！你稍停下，他內心會嘀咕：怎麼搞的，請你來吃飯啊！他非要你無事找事忙，小事呻吟，大事囂張，彷彿天要塌下，地要下陷，海要騰嘯才是正道，才合乎他的工作狂標準。你做得氣定神閒，有條不紊，工作狂人是不會欣賞的。工作狂者覺得上帝給他七天時間顯然太吝嗇，應該有八天甚至更多，怎可以有一日休息？

葛紅兵說得妙：工作狂的人惜時如金，他們即使是上個廁所也要看一看錶，以免超時，如果他拉肚子，他的痛苦不是來源於他的身體受到的傷害，而是來源於時間的浪費——他感到他花在廁所的時間太多了，他為此痛心疾首、

懊惱不迭。他幹甚麼事情都要有一個日程表，你一個月之前為他約了牙醫，那時他的日程表上沒有牙醫他會拒絕赴約，而一個月後，他將牙醫安上了日程表，這時他會來到牙科診所——儘管這時牙醫根本沒有空。他每天淩晨一點上床，鐵打不動，即使他毫無睡意，他也一定躺在床上，第二天六點他一定已經起床了，即使他一夜無眠，他也一定撐着起來，因為他要工作，工作壓倒一切。

工作狂的人一定不會賴床。他們永遠不會明白賴床是夢的延續，醒着來做夢的過瘾。工作狂滿腦子是工作；他已突破魯迅所說的人生三要：一要生存，二要溫飽，三要發展。工作狂吃飯時會突然拿出記錄本記下他的下一個工作安排，他把吃飯的時間用來做工作計劃了；談戀愛的時候，他的對象聽的，全是他的工作問題，談情説愛變成工作匯報，與這樣的人談戀愛，你會忽地感悟何謂生無可戀，天地不仁。

歌頌工作的名言警語太多了。發明家愛迪生說：我的人生哲學就是工作。德國政治家俾斯麥則稱：對於青年，我的忠告只有三個詞——工作、工作、工作。我較喜愛美國教育家勃特勒說的：要從事偉大的工作，一個人必須既非常勤勞又非常空閒（To do great work, a man must be very

idle as well as very industrious)。此外，英國哲學家羅素的慧語也發人深省：神經即將崩潰的症狀之一是相信自己的工作極端重要，休假將會帶來種種災難。如果我是醫生，我給這樣的病人開的藥方是：休假。

「因病得閒殊不惡」，蘇東坡所感詠未嘗不是人生快事。當然，這病只能是微恙；一如勃特勒於其自傳體小說《眾生之路》所回憶——他在一次遠行途中生病，在客棧休養，感覺無憂無慮，靜悄悄暖洋洋，心情煞是輕鬆愉快。

工作狂的人永遠不懂得偷閒的樂趣。這樣的人是無法退休的，他無法將退休看成對生命的完善。我的好同事李多加、余瑞芳老師，她倆響應教統局的提早離休計劃，兩位老師在職時對教學工作的投入熱誠，常叫我動容；不少頑劣的學生變得精乖，在學業上穩步向前。她們的提早離任，自然是教育界的損失，不過，及時享受閒暇的樂趣，卻又教我欣羨：一如葛紅兵所指出，她們對於自己的存在的佔有才是本質的，只有真正佔有了自己的本原性存在，也就是真正地擁有了自己的時候，人才可能真正地成為詩意地棲息於這個世界的人，人和這個世界才能原始地處於一種和諧的相互擁有關係之中。

二十世紀德國著名的天主教哲學家約瑟夫·皮珀（Josef

Pieper, 1904-1997）寫於一九四七年的《閒暇：文化的基礎》開宗明義的告訴我們怎樣在日常生活中借由擁有閒暇，然後去體驗生命中的真實時刻，我們不必是哲學家，只要能掌握閒暇，即能感應人生的真理：不斷去體驗驚奇的感覺，然後懷抱希望，不停繼續摸索前進，直接走向哲學的至終本質——洞見和智慧。

急促的都市節奏，緊張的城市生活，人往往便忽略了閒暇的觀念。劉森堯説得好，工作至上讓我們的生存世界淪為庸俗空洞，因為我們忙碌得沒有閒暇去思考人生的一些嚴肅問題，同時也變得不愛去反省自己是如何活在這個世上：人活着除了忙碌工作之外，意義在哪裡？人的存在並非僅為了工作，工作只是手段，閒暇才是目的，有了閒暇，我們才能夠完成更高層次的人生理想，也才能夠創造更豐富完美的文化果實，因此，閒暇乃是文化的基礎。

祝福所有提早退休的讀者、親朋、同事及好友及早享受閒暇樂趣，未能提早退休的如筆者，遇到不是工作狂的上司和把工作複雜化的所謂「行政人員」，他（她）會失驚無神的約你「飲杯嘢唱下 K」甚至打幾圈麻將睇下跑馬，當然聽歌劇打哥夫也無妨，總之，就是不要太多勞什子的長命會議與太多無謂的分享。柏拉圖説：眾神為了憐憫人類——

天生勞碌的種族，就賜給他們許多反覆不斷的節慶活動，借此消除他們的疲勞；眾神賜給他們繆斯，以阿波羅和迪奧尼修斯為繆斯的主人，以便他們在眾神陪伴下恢復元氣，因此能夠回復到人類原本的樣子。……哎唷！不寫了，我提早離休的同事多多來電：要我趕去試試她研發秘烹暗調的紅樓美食！

哲學家約瑟夫．皮珀告訴我們怎樣在日常生活中借由擁有閒暇，只要能掌握閒暇，即能感應人生的真理

「機」不可失　廢話「字」說

蔡珠兒譏笑那些每隔幾分鐘，就不由自主地拿出來查電郵和簡訊者為「黑莓中毒」。黑莓——指黑莓手機（Black Berry）。她的朋友阿 Wing，是「黑莓中毒」的患者，就像中環無數的白領族，對這東西上了癮。只要醒着，每隔三到五分鐘，他們就會掏出黑莓來，或兩眼發直，或語無倫次，或茫然若失，出現各種毒癮症狀。蔡珠兒這位美食的「饕餮廚娘」批評得好：黑莓已經成了「快克」（Crack Berry），吸食者眾，勒戒者少，科技壓縮了時間的密度，逼得人人拼命追趕，每天日理萬「機」。

日常生活，我們機不可失。公車、地鐵、火車、街上、廁所……手機的鈴聲此起彼落；即使明文約定要把手機關掉或轉校無聲的戲院、圖書館，依然不難聽到中毒者的呻吟呢喃；這是一個廢話橫飛的年代。聽！那大嬸肆無忌憚地數落鄰家八公如何巧取綜援到下沙包了一個二十歲的二

奶；那妖氣衝天的嚫妹竟恬不知羞地大談一夜情，說到肉緊處，只顧癡癡的傻笑；那西裝友一手攬住條女，一面對着手機：老婆，今晚多嘢做，你瞓先喇……手機——原來也是無形的狗仔隊！

最近讀南方朔《回到詩》，有一篇扯到奧登的名詩〈喪禮藍調〉；試看詩的頭兩段：

> 停掉鐘，切斷電話／讓狗別再咬那肥腴的骨頭而喧嘩／讓鋼琴靜默，鼓聲停住／抬出靈柩，哀悼者進入。
>
> 讓飛機在頭頂哀傷的繞巡／潦草的在天上寫出「他死了」的短訊／給外面鴿子的白頸用縐紗領結圍繞／讓交通警察戴上黑布手套。

奧登是個頗有古風的詩人，據稱他一輩子都拒用電話。他對整個近代文明都非常懷疑，認為人的異化、淆亂、孤獨都由此而產生。南方朔分析得好：他所謂的「喪禮」，其實並非真正的喪禮，而是一種隱喻，指的是人的自我失去。今夜，我要找回自己，對不起，我已關閉了手機。要追數討債明天請早。

手機橫行廢話亂飛的年代，我們可曾想過文字與語言的關係？以新鋭大膽言論著稱的葛紅兵倒提醒我們：魯迅的文言文功底那麼好，這我們可以從他的《摩羅詩力說》等一系列文言文論文中他對文言文的操控能力中看出來，但是他卻立即接受了胡適的「白話文學」的主張，並且成為中國歷史上第一個用白話文寫小說的嘗試者。為甚麼呢？

這顯然關乎一個人的識見、眼光與胸襟。葛紅兵指出，魯迅相信文字在中國已經徹底地朽腐了，他憑直覺感到白話文相對於文言文更親近言語，因而也就親近了人的自然發聲，正是在這樣的認識上，他義無反顧地選擇了白話文。在魯迅看來，正是文言文，這種失去了和言語的自然聯繫的文字，扼殺了勞動大眾發聲的可能——這種文字把大眾的聲音當作是無意義的，而傾向於消滅這種聲音。它發明了一系列鞏固知識分子發聲，讓那種發聲成為獨一無二的發聲的技術。從魯迅的角度看來，這正是使漫長的封建中國成為一個「無聲的中國」的一個最重要的關鍵點，文字是消滅「聲音」的魔鬼。

文字的指令確是無堅不摧；許多有文化的老闆，深明這種形而上學的符號，很多時比口頭的吩咐更有威力；一張簡單的字條下達，在下的再三揣摩，反覆思量，如廁忖測，夢裡猜度，惶惶然不可終日；那簡直是聖旨，豈敢怠慢！葛紅兵在另一篇文章有一實例：秦始皇出於對天下人思想紛亂不能定於一尊的恐懼，統一了文字，文字是他「振長策而御宇內，執敲扑而鞭笞天下」的最重要的工具，被統一了的文字是他「焚百家之言」以「愚黔首」的火藥。文字就這樣燒掉了「言」，此後，中國人開始只能用文字來思考，而不再用「言」了。尤其是中國知識分子，他們成了「字」的犧牲品，思想被字的鐵軌統一收編。

市井之徒從來都不是文字的主人，但他們可以用豪情壯語渲洩內心的積鬱，這未嘗不是福氣。莫言的《檀香刑》，被李建軍數落得一無是處，葛紅兵從「語言」的角度欣賞他；《檀香刑》中，我們會聽到各種各樣的來自民間大眾的聲音，媚娘的浪語、錢丁的酸語、趙甲的狂言等等，它基於中國說唱藝術語言、戲曲藝術語言，顛覆了「五四」對民間話本小說、戲曲話言的拒絕乃至仇恨。……這種韻律來自漢語自身，它不是莫言本人的，它在民間戲曲中隱藏着，莫言發現了它。在二十世紀以後，這種聲音在小說中幾乎絕跡，二十世紀中國多的是士大夫氣的發聲，是文人式的發聲。莫言並沒有延續「五四」維度上的文人理性的做出來的發聲效果，而是回到民間的唱腔式的語言中去。莫言讓

語言再次親近了言語以及言語更本原的「人的聲音」，他讓語言擁有了一種純粹的聲響效果。此是葛紅兵特別欣賞莫言的地方。

村謠野諺，情詞未必兼麗，言語偶涉淫猥，卻充滿俗趣與生命力。《霓裳續譜》、《白雪遺音》這兩本情歌選多的是。像這首〈玫瑰花兒〉便不見得全沒文采：「玫瑰花兒頭上戴，挽了挽烏雲，別上金釵。女孩家，十五六歲人人愛，有一個俏郎君，引的奴家把相思害。二十三四，花兒正開。人到了三十，就是朵鮮花，也叫風吹壞。頑頑罷，誰知誰在誰不在。」

紅塵俗世，值得依戀；生命無常——且短促如頭上戴的玫瑰，行樂須及時，流金歲月一去不復返！語言是我們的海洋，南方朔說：對語言保持敏感與警覺，始有助於思想及觀點的創新。我則認為：戀戀市井，縱沒有毛主席他老人家當年的豪情：自信人生二百年，會當水擊三千里；也沒有花和尚魯智深的義膽：禪杖打開危險路，戒刀殺盡不平人，學學詩人的「渴望燃燒／就是渴望化為灰燼」那總可以吧！今夜，我渴望燃燒，花間，先拿壺酒來！

男人，你別無選擇！

當女人經濟獨立揚眉綻笑露貝齒甩秀髮拿出她自己的信用卡說：這頓飯我請！男人即使不變成鬥敗的公雞，的確，也沒有甚麼再值得驕傲了！

風水輪流轉，得到女人喜歡你有運行！

內地一本周刊的專題說得好：電視台的花旦能不能紅，衡量標準不是看男人喜不喜歡你，而是看女人喜不喜歡你。旨哉斯言！你覺得某某長相不過爾爾，尋且蛇頭獐目猥猥瑣瑣，某某又呆頭呆腦口齒不清，哎唷，真是做個洗頭仔都沒人請喇！

可那有甚麼關係，慘得過他是頭號「師奶殺手」，連小學生妹也「冧」他，吹咩？還有那狐狸嗲精，腰細胸凸，男人一見她無不聯想起床上的波濤洶湧浪濺長堤，如今「改邪歸正」糟蹋自己，花容月貌盡褪卻贏得師奶拍凳擊凳連聲叫好！姐仔於是扶雲直上三萬尺，誓與紅日競爭耀。師奶太

太是劇場的收視指數保證。據悉「女人要的劇本」已經開始在全世界流行——女警察、女拳王、女對沖基金經理、女CEO、女星際航行艦隊艦長……一句話：無女不歡有女則靈！

劉索拉有篇小說叫〈你別無選擇〉，我想，男人想有運行，別無選擇——只有想方設法讓女人喜歡你！上海的「派對皇后」趙丹虹操辦「肚兜舞會」，讓大男人們也穿上肚兜，就差沒穿上 T-Back，據云這個構想來自她的突發奇想，覺得讓男人穿肚兜，肯定比女人穿更好玩。女人不僅放棄廚房，佔據廳堂，還要把男人當成消耗品，當成開胃的點心。她們說：男人嘛，只是一件床上用品。愛一個男人不如愛隻狗。

女人的舞台，繁花似錦的在大事拓張。《時代周刊》一篇特寫列舉了多名世界知名人士的成功因素，野心是其中一個關鍵詞。文章所列舉的成功女士包括美國最受歡迎的主持歐普拉，她價值十億美元的媒體事業包括了電影演出、一本雜誌以及她已邁入第二十個年頭的「脫口騷」節目。又如現任美國國務卿、前美國國家安全顧問賴斯，她三十八歲時就成為史丹佛大學首位女性、也是有史以來最年輕的教務長。她十歲進入阿拉巴馬州的伯明罕音樂學校就讀；

每天早上四點半就起床，先在溜冰場練習兩個小時再去上學及上鋼琴課。

慾望之火不會自己燃燒，撇除基因、家庭、文化這些因素，女人天生比男人堅毅，更不輕言放棄。上海市級機關婦女委員會二〇〇四年對市級機關系統十九個單位的一千名女公務員進行的一份調查顯示：百分之五十八點四的女性「很希望和比較希望」晉升職務，比男性高出百分之零點七。女性的慾望之火看來比男性高出一點點，而成功的機會相對也較高。

「好男不與女鬥」——根本就是男人無奈的遁詞。中大學生雜誌《大學線》曾刊出調查，指大學生男女比例失衡，加上種種條件，令三成四受訪女大學生擔心找不到合適的結婚對象而孤獨終老。香港大學法律系四年級的關愷瑩頗能道出箇中心聲：香港男生給我的整體印象是能力及不上女孩子，例如學習上女生成績一向較好，讀法律的學生已算是社會上最菁英的一群，但系內男生人數很少。

筆者從事教育工作逾二十年，就我的觀察，與我同時出道的，大多數女性同工都晉升了，她們不是主任、學位教師，就是副校長、校長；更多是不斷進修考獲碩士、博士，其自我增值、努力不懈的精神令人動容。我每年的「考

績報告」大多是女上司評點，通常都承認我這老鬼「教學經驗尚豐富」、「唯課室管理較差」。我這人自小安於本分，毫無大志，考績能拿個「C」，已眉開眼笑，感謝上天厚好。偶爾有一、兩個深具慧眼的女上司，肯在本科（中文）的學養表現給我一個半個「A」，我又豈能不感激流涕，激動得如年少輕狂時在太平山下「老襯亭」親吻初戀情人阿珍妹呢？我感謝每個女上司，是她們讓我仍可以白髮飄飄、撫着長鬚混口飯吃！只要她們不要我穿上肚兜去派對甚麼的，我這百無一用的「書生」還是願意好為人師，「死剩把口」，阿彌陀佛！善哉善哉！

怎麼說起女人的賢能淑德，忽又感懷身世！哎！男人老狗竟如此不長進，抵你一世無發達。《天生購物狂》的張柏芝說：一家五口都靠我，共買了七部汽車六套房。我恨自己沒有一個這樣本事的女兒，加上吾兒不肖，就如白先勇小說《寂寞十七歲》裡那個讀書不成的楊雲峰，可他並不想剃髮為僧，隱居深山野嶺，獨生獨死，過一輩子。他愛泡妞「溝女」，三十而立依然找不到一個有錢女人肯嫁他，真失敗！我奚落他幾句，誰知他突然發圍：難道你沒有責任嗎？俗語說：不怕生壞命，最怕改壞名，你好改不改，偏把我叫「施自立」，這不是靠害着是甚麼？

不肖兒咬牙切齒的慷慨陳詞，真有岳飛〈滿江紅〉怒髮衝冠仰天長嘯壯懷激烈的氣勢！他倒也有幾分道理，都怪我不為他改個好名，像「施可樂」之類。這樣，說不定他已笑着向我這老爸招手：重教乜鬼書啊，搬來淺水灣五號大宅啦！個書房可以夜聽松濤海韻，日窺粼光閃耀生輝，嬌娃嬉水逐浪！

今夜，趁月色迷離，還沒有騙過綜援卻年年借錢交稅的我，急急敲鍵，傳送一則電郵給被我改壞名的不肖兒：吾兒，明早速找謝偉俊律師改名（稱白姐姐介紹的，說不定還可打個九折），可改「施自樂」或「施日樂」！一字之差，即可改變你一生一世，勝過中六合彩頭獎一注獨得！還有，切記任何人你都可以得罪，就是不可以得罪女人！又：已過戶五千大元，足夠你改個好名兼吃一餐好的！

讀得快就好世界？——資訊泛濫的省思

資訊泛濫的年代，有人說，只要醒來，我們的眼球已基本沒有空白，總是處於瀏覽狀態。電子技術使我們的感官膨脹，互聯網時代的海量資訊，每天刷新着人們的記憶。資訊的摩爾定律（由英特爾（Intel）創始人之一戈登．摩爾（Gordon Moore）提出來的，其內容為：集成電路上容納的晶體管數目，約每隔十八個月便會增加一倍，性能也將提升一倍，而價格下降一半；或者說，每一美元所能買到的電腦性能，將每隔十八個月翻兩番。這一定律揭示了信息技術進步的速度）催人更快捷。

閱讀的大環境已改變。一張報紙的頭條，能吸引人的注意力不會維持超過一天，一則電視新聞被記憶的時間不會超過一夜，娛樂八卦於一頓茶餘飯後，哪個女星婚變哪個玉女隆胸，誰個賤男劈腿最多⋯⋯通通都付笑談中，明

天「狗仔隊」會奉上更熱辣激情的偷拍。

《新周刊》的「淺閱讀」(此處的「淺」並非指淺薄，是指輕鬆、輕快、輕靈) 專題說：浮囂，浮躁與喧囂，一個表徵當下社會心態的新詞。那些資訊海洋裡游泳的魚，這兒吃點那兒吃點，沒有甚麼能令其長久逗留。教育人士擔心這樣的閱讀方式導致營養不良，新生代文字閱讀弱化，他們對漫畫圖像更感興趣。閱讀的節奏在加快！

一睇報紙，匆匆的只能隨意翻一翻、瞄一瞄；太長的評論沒興趣，一次擊點，一次瀏覽然後跳到下一篇，閱讀——在講求速率的年代，我們要「多快好省」，一如快餐文化。

論者感嘆：世界正在由厚變薄，閱讀的深度和廣度被信息時代閱讀的速率打敗。個人的知識體系、認知度和價值觀正在遭到前所未有的瓦解，各個年齡代際間有不同的知識語境和話語系統，要想抹平這道鴻溝，淺閱讀成為唯一可行的實用主義辦法——我知故我在。

淺閱讀的消費特徵是——快速、快感、快扔。它符合大眾流行文化的一切基本品質，迅速享用、迅速愉悅然後迅速拋棄，多麼像現代城市的男女愛情故事——蘭桂坊，今夜請將我遺忘！

我們一整天都忙着上網、打手電、「掃一掃」免費報紙……人類看似比以前任何時候更了解整個世界，可是，人的安全感並沒有隨之增加，且愈來愈感到自己置身於一種從未有過的焦慮與不確定中。

資訊如此爆炸的時代，是否「讀得快就好世界」？是否一個小學生也要與時間賽跑——讀得愈多愈快就愈好？一如俄羅斯教育實踐家蘇霍姆林斯基在信中告訴其女：很多東西，不必細讀，瀏覽一下就行了。所有東西都關乎時間，你要學會最大限度地使用它。真的是這樣嗎？

最近讀紀大偉的一篇文章《漫長的教育 Slow》，他提出了閱讀的另一個體會：台灣英文教學者常建議，在閱讀英文文章的時候，遇到生字也不要停下來查字典，以免中斷閱讀的情緒。紀大偉稱他同意查字典會中斷情緒，但他認為情緒被打斷才好。道理何在？

紀大偉指出：順利的學習經驗恐怕只會左眼進右眼出；在文字深淵打着卻可以刻骨銘心。他自己閱讀時一發現生字，就盡可能查字典，即使出門遠行也需帶字典，若然酒店房間裡沒有字典，他會恐慌。這樣的一個青年學者，難怪他的住處隨處有筆，因為他可能在家中任何死角閱讀，需要隨手在書上畫重點、寫眉批，在超市傳單空白處寫筆記。

閱讀網路文章時，他盡量列印出來以便圈點。

此外，紀大偉說讀書讀一段落，他就出門遛狗——在遛狗時，反芻剛才讀過的字句，或是發呆，看樹。他曾經一天遛了六次狗，教原來興致勃勃的狗，出門時都要求饒了。

這樣放慢腳步的讀書，在節奏如此快的現代社會，在人人追求速率的年頭，特別令人動容，不是嗎？

紀大偉在美國的大學教書，他不惜成本提供與學生的課餘會談時間，務求學生訂光他的「預約掛號」。為了表示好客之道，學生一入研究室，好茶與美點立刻奉上，以放鬆學生情緒，使他們臉上線條柔和下來，師生便無所不談，才會說出他們在課堂上的喜怒哀樂，如此才能對症下藥。

從談話中，紀大偉發覺學生最着急的便是想以最短的時間獲致最好的成績，不然就會陷入挫折感。這時，他便會像江湖郎中一樣，氣定神閒的一面喝茶一面拋出他最常說的三句話：「慢慢來（take your time!）；挫折愈多愈好，你受到愈多挫折，你就得到愈多學習的機會，如果沒有挫折，反而就得不到學習機會；期末成績有沒有得 A 並不重要——等到你三十歲的時候，你就會發現你大學成績單上的 A 完全沒有意義。」

資訊泛濫，大多數人相信閱讀的光滑感與跳躍度，紀

大偉的「慢讀」與細心耐性顯得格外「不合時宜」，然而，卻最值得我們反思；我們表面上甚麼都知道，其實腦海沒有一樣東西記得清楚、想得透徹。

情人節——最不宜偷情！

像我這把年紀談「情人節」，難免勾起不少「亭中會、雨裡緣、一宵幻」的無奈！

情人節與我距離很遠，那少女收花時的「嬌怯怯、羞答答、喜孜孜」亦如煙飄逸。十五歲與五十歲墜入情網的男女，畢竟不會一樣臉紅心喘、一樣神魂顛倒吧！十五歲時，可以理直氣壯的說：只要我喜歡，有甚麼不可以！五十歲的人，怕只能說：雖然我喜歡，還是看機緣吧！

年青的時候，我們感謝情人節。不是嗎？它讓「男人老狗」可以大剌剌的捧着一束束的花滿街逛，沒有人會覺得「礙眼」，此刻，即使你托着一棵樹，「大樹代表我的心」，也有人覺得你真夠浪漫，別出心裁。滿街的小姐太太，不管美醜，無論老少，大家都捧着花拿着情人節的甜心禮物，愛情的感覺真好，西方的情人節若跟吾國的七夕相比，要言之：情人節多了一些肉慾，而少了一些隔河相望的含蓄。

情人節英文是 Valentine's day，自然有一個有關聖徒華倫天奴的故事。一個隱居林間的修士，因看不慣戰爭時期暴君禁止平民結婚的做法，私自主持婚禮，最終引來殺身之禍。為了紀念這位幫助別人私定終身的聖徒，情人節於焉誕生。不過，我較喜歡另一個版本，因其較科學亦與西方文化更為合拍：據説二月十四日這一天，古希臘天上飛的鳥兒和地上跑的羊兒都會發情，進而交配。紀念這個神奇日子的方式，是每個青年男子從一隻盒子裡抽籤，盒子裡放的是寫有青年女子姓名的條子。抽到誰，誰就成為那個青年男子的心上人。這個傳説簡單直接，既合乎城市「信是有緣」的邏輯思維，也與西方情人節——一個集體發春的求偶信號接軌。

內地的一項調查説：七成大學生認同西方情人節。一個女大學生反問得好：當二月十四日情人要送你玫瑰，你卻視玫瑰如糞土，堅持要等七夕去看牛郎織女星相會？你有病啊？

有人説：今日的節日就是戴着商業面具的眾神狂歡。在一般人的情人節觀念中，直覺反應，先冒出頭來的還不是鮮花、巧克力、燭光晚餐、香水、情趣內衣……城市人對節日的鍾情，並沒有因為進入「娛樂至死」的諸神狂歡年

代而有所消解。香港人對傳統的、舶來的、自定的節日可謂兼收並蓄，樂此不疲，營商的無不笑逐顏開，鼓掌以迎。

陳慧說「二月是個外弛內張」的月份，隨着餐飲零售各式消費針對情人節的強攻，漸漸你就會體會到，二月，看似不動聲色，卻是最喧嘩最惆悵最橫蠻最華麗最傷感也最昂貴；一如愛情。——二月，如履薄冰。陳慧果真目光如炬。

為甚麼在情人節裡，浪漫總走在愛情的前頭？女人為甚麼都不明白：商業可以為人們製造浪漫，卻無法製造愛情？

對於男人——情人節往往成了背負物質提供身分的「受難者」。情人節，男男女女都趕着出來，皆因這天，外面成了一個生活方式的「秀」場，過情人節是一種時尚的標籤，愈貴的燭光晚餐愈要趕緊訂，愈貴的「藍色妖姬」愈要預早訂，只為博紅顏一笑，讓她滿心歡喜，內心有了浪漫的感覺總比拉長着臉，嘟着小嘴說：你都不愛我，怎麼訂在那樣「豆泥」的餐廳？為了不讓我的兒子「無面」，我節衣縮食私自過戶伍千大元給他過情人節，唉！可憐天下父母心！

南方朔說他每當情人節過後，他喜歡在社會新聞版尋找它留下的痕跡，有人因為沒收到花束而悲憤到割腕；有

些情侶因未到高級餐廳享用情人餐而發生有沒有誠意的口角……

情人節已不再是一個日子，而變成一種慾望。南方朔分析得精采：當情人節被電視報紙的報道及廣告塑造成一個記號，記號就點燃起了慾望。而情人節的慾望總是那樣的殘酷，這一天如果未曾收到花束或安排好情人之約，就會讓人有被全世界遺棄的感覺。

情人節的寂寞是最大的寂寞，它代表了不被人愛的失敗。情人節在創造着符號性的浪漫之時，也製造着浪漫反面的焦慮和悲哀。許多普通時候活得快快樂樂的人，到了這一天就忽然變得陰陽怪氣起來。……情人節是細巧但邪惡的尖牙，磨蹭着整天都讓人像被慢火炙烤着那樣焦慮難耐。

真實的情人節，竟是一場尷尬的春意？

有人說：情人節的關頭就是對女人專業的一次評點，有約的女人意味着做女人做得合格，得到花多的女人意味着成功，若然你找不到人一起過情人節，管你其他方面有多好，人家也要問：「你幹嘛像男人一樣優秀。」潛台詞的意思是：不管怎樣，做女人你還是失敗。

當眾人以「愛情」的名義，挑動荷爾蒙指數升高，享受

「浪漫」和消費的快樂時，情人節原來還有另一重意義。

情人節，有些人可能分身乏術。這天，被很多心中早存懷疑的人，視為調查另一半是否忠貞的最佳時機。據悉，去年的二月十四日成了中國私家偵探有史以來——生意最為火爆的一天，婚姻忠誠調查收費從一萬五千人民幣的起步價，提高到二萬元，外加起碼等上一個月。

情人節——請不要送禮物給我，我並不是怕廉政公署，而是在這天收到禮物，那怕是一粒金莎，似乎就意味着這巧克力的背後存着一段曖昧的關係。

情人節——不是一個適宜偷情的日子！寶貝，難道不共同度過這天，我們的愛情便會死亡嗎？我才不信呢！

好男人與好文字都難求

馮唐的文字，精言警語一大堆，常常令人看得眉開眼笑，顧不得是否沒錢交税、老婆跑了或者女友另結新歡。好的文字難求，今夜讓我在網上遇上了，又豈可輕言錯過！

馮唐說他來香港謀事的印象——香港地狹人稠，你在中環皇后大道中放個屁，幾十個人嗅到，七八個人聽見，一兩個人懷疑是不是有人推了一下他們的腰眼，沒有一個人回頭看你。香港的確愈來愈擠逼，我在銅鑼灣時代廣場瞎逛，一個下午，也不知觸碰到多少內地同胞的屁股，吸了多少大叔們噴出的紅雙喜二手香煙。當然，好歹也是同志，都是來豪爽消費的，香港歡迎你們！

馮唐又指出：這是一個浮躁的時代。人心如城市，到處是挖坑刨路、暴土揚煙地奔向小康和現代化。普遍而言，浮躁時代中最浮躁的是媒體和評論。電視和電腦，兩隻老虎一樣吞噬閒散時間，做評論的全然不佔有資料，閉着眼

睛一拍腦袋，就開始像北京出租車的哥一樣，指點江山，說誰誰誰是朵蓮花誰誰誰是攤狗屎。

雌性寫字的，眼睛和鼻子基本分得開，就是美女作家；胸比 B 罩杯大些，就是胸口寫作。雄性寫字的，褲帶不緊風紀扣不緊，就是下半身寫作；有房有車有口踏實飯吃，就是富人寫作。進一步演化到近兩三年，這些名詞都懶得想了，一九六〇至一九六九年生的，就是六〇後，一九七〇至一九七九年生的，就是七〇後，一九八〇至一九八九年生的，就是八〇後。

時代不同，觀念轉變。

張系國有篇雜文〈裸的文化〉，其中談到「卿卿」這個詞。文章說：竹林七賢的王戎，他老婆就喜歡喚他卿卿（親愛的）。王戎這沙豬嫌老婆肉麻，警告她以後不可亂喚親愛的，有失禮數。他老婆不禁納悶，反問：「親卿愛卿，是以卿卿。我不卿卿，誰當卿卿？」

譯成白話，就是：因為愛你，才會喚你達令。我不喚你達令，誰來喚你達令？

王戎說不過嬌妻，只好隨她去。

王戎這人也真是不識抬舉，有老婆如此熱情如火，還嫌三嫌四。王戎的老婆，看來豪爽前衛。要是生於今，不

是婦解分子，恐怕亦會是麥當娜的知己、西蒙波娃的「擁躉」。麥當娜鼓吹「真女人」，認為真正的自由女人是敢愛自己，使自己嫵媚，敢愛男人，對自己的生活又能自主控制。娜姐語不驚人死不休的論調多的是，她曾在電視訪問公然強調：一個真正男人這一生中，應該至少讓另一個男人的舌頭進入他的嘴裡一次。

像我這樣剛烈的人，我情願選擇切腹也不會選擇把舌頭如此一伸！

至於西蒙波娃與沙特這兩位存在主義大師，一九二九年兩人初識時就訂好規則：不結婚、不生孩子、真誠地愛彼此，但同時自由和別人發生關係。他們美其名曰「透明的愛情」，難怪西蒙波娃有「越洋情書」火辣辣的情思渴念，令人想跳一曲火舞豔陽。

王戎的老婆以赤裸坦誠演繹女性的真我，在那個混帳的年代，確實值得吾人尊敬。

男女其實是愈來愈平等了。男人「風流」，女人風騷，我們都見慣不怪了。再說，戀愛亦已非帥哥美女的專利。俗語說得好，再醜的鍋子也有蓋，王八也可對上綠豆。醜男生於今，弱智如「阿旺」，只要「心地好」夠體貼溫柔，一樣有美女垂青。就算樣貌如野獸，也可一不做二不休，把

自己塑成獨特的「野獸派風格」。

再窮再醜也要談戀愛。生命不息，戀愛不止。

馮唐說：人有適應能力，人體各種感官受體都是這樣設計的。比如你一把抱住鄭伊健，他剛做完俊士香水廣告，你一鼻子的美好的鄭伊健俊士香水味道，各種生物化學信號從鼻子直奔大腦中的海馬體，進而引發你各種下流想法。但是不出十分鐘，你的鼻子基本停止了傳遞。如果你覺得這個場景噁心，你可以想像，你上一個沒人打理的鄉村廁所，你踹門進去，蒼蠅推了你一把，你一鼻子的屎尿的胺類味道，各種生物化學信號從鼻子直奔大腦中的海馬體，進而引發你各種厭惡想法。但是不出十分鐘，你鼻子也基本停止了傳遞。蒼蠅亂飛和群鶯亂飛沒有本質區別，鄉村廁所和鄭伊健沒有本質區別。

這樣看來，婚姻除了「容忍」之外，更應該的是「適應」。

時代女性，理應聽不到像隋朝宮女侯夫人的感詠：欲泣不成淚，悲來翻強歌。庭花方爛漫，無計奈春何。女人已告別苦難時代——姊妹如手足，男人如衣服。當然，男人亦可「死剩把口」，拍拍肥肚腩以壯行色：兄弟如手足，女人如點心！愛兄弟還是愛點心？

男女大家扯平，各自放開懷抱呼吸清新的空氣，天藍

水碧，鳥飛魚游，自由自在，你說大自然多美，人生還有甚麼愛情的煩惱，婚姻的束縛？

閒來無事大自在。

據悉《曾國藩全集》幾百萬字，唯一和淫蕩扯邊的，就是寫給一個叫「大姑」的風塵女子的對聯：

> 大抵浮生若夢，
> 姑從此處銷魂。

可見「修身齊家治國平天下」的曾國藩，畢竟有凡人俗得可愛的一面。

走筆至此，忽地想起男人最愛向女人說的一句話，大抵是他連自己都不了解自己，嘿嘿，都是屁話。男人其實多是天生的說謊家，表面愛矯裝岳不群，暗地裡無不渴望做韋小寶。我就十萬個不相信你的道德責任感強過曾國藩，連他都有「慾望小鳥正做着美好的夢」，你我還充甚麼正人君子，非禮勿視之徒？

算了算了，還是王文華寫得坦誠：我相信在我沒有看到的地方，姊弟戀、同性戀、外遇、偷情，都透明地進行。有些快樂，有些悲傷，有些拍成電影，有些鬧上警局。

人生，如此而已！再「殘酷」亦不過「一叮」，太平山下的華燈初上，夜色正濃，飛鵝山上大樹旁那一輛震動的汽車，又在上演甚麼「絕頂愛情」。哈哈哈，這年頭，好男人與好文字都難求。

偷拍閒想

「是誰人把奴的窗來舔破，眉兒來，眼兒去，暗送秋波。」——此處所指舔破紙窗的私窺，是郎情妾意的相與調笑；要是那時有數碼相機、3G 手機和針孔攝錄機，恐怕便沒有那麼多豔詞麗歌，壞鬼書生如李漁，於夏季行樂也不至於會「匪止頭巾不設，並衫履而廢之，或裸處亂荷之中，妻孥覓之不得」，李白更放開懷抱，他「懶搖白羽扇，裸體青林中，脱巾掛石壁，露頂灑松風。」如此豪情自我，不被好事之徒偷拍、不被狗仔隊放上成人討論區才怪呢！

偷拍，一般以女性為獵物者居多。論者指這是一種個人隱私的粗暴侵犯；一種強套他人自由意志的無形掠劫。當然，偷拍的動機不一，八卦雜誌的偷拍，主要為銷紙，為滿足一般大眾的偷窺慾與廉價趣味。至於討論區的成人網站，有關的偷窺內容更是五花八門，叫人目不暇給。

近年來，港聞版常有男性因偷拍女性「裙底風光」而被

捕的報道，而此類瞥伯不乏大學生、專業人士、娛樂界名人等，此種偷窺文化，據香港中通社不久前的一篇報道，偷拍照被放上網供諸多網友評頭論足，已成上海的一種風氣。在滬上某知名網絡論壇搜索欄輸入關鍵詞查詢，就有數個帖子與「偷拍」有關，幾乎都是攝像手機的「傑作」——照片拍攝角度多為側後方或自下而上，內容主要涉及女性的臉、胸部、腿部等。

有論者指當前偷拍已無處不在：廁所、公車、天橋、自動電梯、試衣間、臥室，甚至馬路上；偷窺也不分黑夜和白天，私人地方還是公眾場所，你都可以成為被偷窺的對象。女性遭偷拍的事層出不窮，有人説這跟社會對女性身體充滿矛盾的態度有關——一方面社會認為女性裸露的身體，是導致男性干犯各式性罪行的主因，因而認為女性必需避免裸露身體，另方面傳媒通過鼓勵男性偷窺女性身體來提高銷量，不少男性也以偷窺女性身體為樂。日本著名女性主義學者上野千鶴子於《裙子底下的劇場》這樣說：

> 所謂的流行，是每天都可以變化。若連內衣褲每天都可以變化時，那就連內衣褲也想讓人看，有「想讓人看」的困擾。最近甚至有絲絹質料內衣上市，這簡直

就是「盛裝」的內褲。原本不為人所見的內衣褲，是微不足道的衣着，現在內衣褲以盛裝登場，就那「被人看見」的意識，意味着一般女孩漸漸變得開放。內衣褲的流行化，與性行動的休閒化有不可分的關係。這與七十年代以後性解放相互呼應着，而它的變化規模及速度其實是非常驚人的。

自從九十年代麥當娜的「內褲外穿」隨着她的巡迴演唱與寫真自傳《性》(SEX) 推出後，女性更露得理直氣壯，於是有鼓吹消費主義、偷窺主義，說讀者愛看，就是公眾利益。「阿嬌事件」發生後，阿嬌哭訴：這樣的醜事，令我人生蒙上污點。有專欄作家說她言重了。有過氣女作家「仗義執言」:「劉德華說，如果你妹妹被人偷拍你會怎樣？我會回答：如果我妹妹、我女兒被人偷拍，我會說：阿女、阿妹，原來你真是走紅了。」稍有良知的讀者不禁會問：狗仔隊的照相機，果真可以像手槍般使用，並以之征服世界？

大家知道「狗仔隊」(Mr. Paparazzo) 典出意大利名導演費里尼一九六〇年所拍的電影《甜美生活》(*La Dolce Vita*)。此部電影有個配角叫 Mr. Paparazzo，他是個攝影記者，專偷拍名人隱私與不擇手段搶拍新聞照片。南方朔說，

費里尼在《甜美生活》裡，雖然對意大利攝影記者搏命搶鏡頭的作風多有描述，整部電影裡出現了七、八次之多，但他並未貶低他們的價值。費里尼顯然很清楚地知道，當時代瘋狂、上流社會墮落，自然就會出現那樣的攝影記者。

如今偷拍成風尚，偷窺可以理直氣壯，我們的社會當真瘋狂，上流社會當真墮落？我們有必要把相機變成手槍？我們真要讓心魔隨意出竅？美國當代小說家菲利普．羅斯（Philip Roth, 1933-2018）於《垂死的肉身》（*The Dying Animal*）寫一個六十二歲老教授大衛凱派西慾望強大的生命力，他雖然迷戀女生的身體甚至有性幻想，但是他有一套自我抑制的哲學；這套行之約十五年的規矩就是：在她們考完期末考，拿到成績之前，也就是他仍是她們「課堂父母」的時候，他絕不與她們在私底下來往。老教授的自我壓抑，正如南方朔所說：看管慾望，始能守護生命。

偷拍者何嘗不是這樣？對人性的邪惡與犯罪動機，雖然我們所知仍有限。以研究螞蟻知名的「社會生物學」傑出代言人愛德華．威爾森（Edward Osborne Wilson）於《論人性》指出：性從各方面來說都是具有消耗性與風險性的無謂活動。從微觀層次來看，決定性別的遺傳機制十分精微，也易受干擾。一種性染色體過少或過多，或者發育中的胎兒在荷爾蒙的平衡上出現細微的變化，都會導致人類生理和行為的異常。

偷拍者的行為，未知是否如上所述乃遺傳基因作怪？法國詩人梵樂希認為：幾乎所有的犯罪者，在他們犯罪時都形同夢遊。因此，我們可以說，所謂的道德感之功能，乃是在關鍵時刻、喚醒那可怕的、正做着噩夢的人。

人與獸之別，不就是喚醒良知，看管慾望？偷拍還是不拍？一念之差而已。

日本著名女性主義學者
上野千鶴子

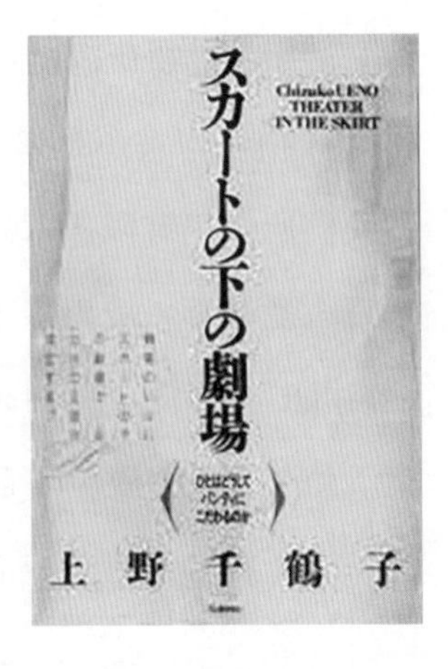

上野千鶴子於《裙子底下的劇場》説現在內衣褲以盛裝登場，就那「被人看見」的意識，意味着一般女孩漸漸變得開放。

城市人的忙與閒

日光明亮的早晨，必須用很多時間和每一個相遇的人說：早安。擁擠而又講求禮貌的城市，居民們用一種近於儀式的社交方式來往。文質彬彬，卻又能保持距離。如果涉及「早安」、「謝謝」、「再見」以外的話題，彼此都很警覺了起來。以上是蔣勳對城市文明人的觀察。

所有城市「文明人」，都習慣「文質彬彬，卻又能保持距離」；好像地下鐵，便一直做着這些工夫，它教我們如何正確的乘電動電梯，攜小孩該怎樣站，此外，無數的指示標貼教我們如何出閘、入閘、上車、下車、等候的範圍……是以數百萬人次予人井然的感覺（因上下班過擠而構成有意無意、被迫不自願的性騷擾除外），總而言之，我們還是要感謝地下鐵公司長期耐心的引導。

當然，以上種種禮貌，一如蔣勳所指出的——近似一種防禦，防禦着別人侵入這隱秘的心事領域。城市居民逐

漸架構起了新的城市倫理：孤獨、疏離，而又不忘禮貌與微笑的新形式的道德。

我們固然可以因之而喜悅，喜悅城市帶有一種安然的秩序，讓你不會被洶湧、潮水式的人群擠死；當然，也使人有一種哀傷——彷彿在逐漸定型的中產者的階級品味中，使人嗅到了一種生命被豢養後的無奈，一種矯情的幽雅，一種彷彿被閹割了的人的溫馴；城市人的步伐，可會踩出華麗的韻腳？

都說香港這個城市的節奏很快，大有李白「兩岸猿聲啼不住，輕舟已過萬重山」的速率，不慣的人很容易有眩暈的感覺。

「我是忙碌的！」

「為兩餐乜都肯制啊前世！」許冠傑的歌聲從七十年代聽到如今，依然沒有過時！香港人理應奉美國第卅一任總統胡佛（Herbert C. Hoover）為偶像。胡佛活了九十歲，有譽他為「工作最多的老頭子」，其有名的壯語是：沒有人有權利退休。他以身作則，說大量的工作是他長壽的基本原因，是以他每天工作十五小時，沒有周末，沒有假期，有的是八位忙個不停的女秘書。

胡佛總統的忙，自然不是無事找事做的「瞎忙」，像我，

為了找一封陳年的情書，上天下地，翻箱倒篋，搞到眼球充血、臀部疼痛，卻依然找不到，是哪個智者說的——人的一生，大抵花了三分之一的時間在找無聊東西？

我的本性其實是傾向閒散的，是以自求學以來，已特別欣賞羅素寫的一本小書《閒散的禮讚》(*In Praise of Idleness*)，他認為哲學與文化都是源於閒暇中的抽象思維。人若沒有空暇，思想就難進步。羅素寫這本書的時候還沒有電視，四十匹馬力一點五公斤的 BMW 跑車以時速七十五哩就贏得了歐洲大賽，下午茶是每個人的必需。

以今天的眼光看來，那該是個較閒散的時代，飯後可以休閒的散步兩小時，可是羅素已經不耐煩了！像羅素此等思維層次的高人，自是情願「終日默默」的無所事事，也不會趕着去開那些勞什子的會議。事實上，柏拉圖曾經把哲學家類型拿來和粗手工類型互相對比說明，在他看來，哲學家的成長於自由和閒暇之中，他們可能會顯出很單純無知的樣子，甚至無用，因為一旦要他們去做些生活上的實務時，他們就一無所知了，比如煮一盤好吃可口的菜等等。至於粗手工類型者，他們的成長方式則迥然不同，他們對日常生活的實際事務特別在行，然而，你要他們用適當言語去禮讚神和人的生命價值，他們完全沒有概念。

德國當代哲學大師約瑟夫．皮珀（Josef Pieper, 1904-1997）指出「粗手工」這個字眼，在古代所代表的原始意義，於柏拉圖看來，這樣的人，指的不僅是未受教育或無思考能力之輩，或是那些無法和外在世界從事精神溝通的人，同時也指用雙手付出勞力討生活的人，較之那些「養尊處優」而能自由處置時間的人，自是不可同日而語。

何謂哲思？

約瑟夫．皮珀說：哲學思索就是步出工作世界，去和宇宙面對面互相照看。這跨出去的一步，會導致「無家可歸」，天上的星星，不再是我們頭上唯一的屋頂。

古老的俄國諺語說：工作不會讓你致富，只會壓彎你的腰。從約瑟夫．皮珀的話，人類「生而勞碌」的觀念得以具體轉化：從每日工作的勞碌轉到漫無止境的節日慶典活動，從狹隘的工作環境中體會神馳的境界，進而走入世界的核心。

吃喝無罪，

娛樂萬歲！

不要以為經常埋頭苦幹就會贏得讚賞。據說著名的英國核子物理學家盧瑟福（Emast Rutherford, 1871-1937，一九〇八年度諾貝爾化學獎的得主），有一趟走進他領導下

的劍橋大學卡文迪許實驗室，赫然看見一個學生深夜仍在工作；他問該生：那你白天做甚麼？學生答在工作，即使早上也在工作，這位學生帶着謙恭的表情期待老師的讚許。

盧瑟福稍沉吟了一會，隨即問道：這樣一來，你用甚麼時間來思考呢？

這正是約瑟夫．皮珀於《閒暇：文化的基礎》所指出的：人一旦喪失了創造閒暇的精神力量，必會淪於煩悶無聊，然後「絕望」。……另一方面，工作本身如果被剝奪了節慶活動和閒暇，就變成違反人性，這樣的工作不管是默默的或是「英雄式」的忍受，都會是一種勉強而絕望的賣力，好像西西弗斯（Sisyphus）永無休止的勞力工作。（希臘神話中，西西弗斯遭天神處罰，推巨石上山，到山頂巨石又滾下，一切從頭來過，如此反覆不已，永無止息。）

事實上，西西弗斯正是「工作者」所代表的神秘意象，他們不眠不休地勞碌工作，卻從未獲得內心的滿足。

看來，無論我們怎樣忙碌，都得想方設法去偷閒。哲者說：當一個人和自己成為一體，和自己互相協調一致之時，就是閒暇。閒暇的沉默狀態可以說是一種接受現實世界的必要形式，人唯有沉默才能聆聽，不能沉默的人則是甚麼都聽不到。閒暇是一種肯定的狀態，這和「不活動」不

一樣，也不同於靜止不動，當然也不是一種內在靜止狀態，這好比一對情侶談話之間的靜默時刻，甚麼話都不必說，兩人卻能融而為一。觀照約瑟夫．皮珀所剖析，可見閒暇包含了人的內省行為，他看到了他在現實世界的工作完成之後，感到心滿意足。

西西弗斯正是「工作者」所代表的神秘意象，他們不眠不休地勞碌工作，卻從未獲得內心的滿足。

生活隨筆

美食回憶與食物境界

有美食家認為，世上僅有兩件事能激起我們五種官能的反應：一是愛情，另一個則是美食。像我這種「悠然一飽自笑愚，願為口腹勞形軀」的塵世俗人，哪有不認同的道理。

偶爾在報上讀到王信智一篇短文，他說：情人遠行了，留下一整塊留有氣味的床面。我還沒有洗滌的念頭，只有窩進去進入睡眠的打算，假如待會即將產生夢，會不會感覺彼此接近些。才剛走，就有想念的念頭。遇到美味的食物，要是齒頰留香，口舌生津，我也會興起不漱口的念頭，冀盼入夢時再次回味。嘴饞至此，也真是不可救藥。

另一位美食家王宣一對傳統食物的追求，那種近乎虔誠的態度，常使我動容，即使一項配角的醬汁，也絕不馬虎，她堅持很多食材一定要從基本開始做起，才能做出真正完美的佳餚。譬如熬 demi-glace sauce 濃縮醬汁，仍是以 consommé 和同樣的牛骨和蔬菜水果混合的高湯為基礎，將

牛筋和牛肉先煎過，再和大量的紅酒及經過十多個小時慢火熬出來的高湯慢熬，熬到牛筋都融化掉變成黏稠的醬汁，再以濾網將肉渣濾掉，就可以燉出帶着酒香果香肉香色澤光亮美麗的 demi-glace sauce 濃縮醬汁。真正完美的食物，確讓人念念不忘。

我來自草根，當然談不上「三代富貴而後知飲食」，猶幸上天厚我，少時寄居在姑母家，她的順德媽姐煮得一手好菜，家常便飯即使一碟薑汁芥蘭，也賣相雅致，每晚煲的靚湯，至今仍使我念念不忘，尤其那濃香的豬肺湯、白果豬肚湯，用料永遠恰到好處，不像如今一些大酒樓胡亂加下杏汁而喧賓奪主，甚至失其真味。

如今，縱一把年紀，仍要為口腹奔馳，營營役役，不知所為何事，世叔伯如梁公四叔知我無煙酒之癖，卻有葷腥之慾，一有飯局無不爭相來電邀約，即使文友如許定銘，偶然與我談文說藝，亦多拳拳盛意：老施，幾時我請你到馬會吃餐飯！你看，德不孤，必有食神！人生還是充滿希望的，活着，能輕言沒有意義嗎？

飽食終日，不一定無所用心。王宣一的文章指出，在《美味關係》裡，女主角最後一次和愛美食的老爸在高檔的法國餐廳品嚐 consommé 的美味，這股力量更成為她日後

追求美味和尋找力量的源頭，所以當她在父親過世之後走進小店，喝到幾年前和父親喝的那碗味道一樣的康蘇米清湯時，情緒會如此激動，甚至請求主廚收她做徒弟，更展開一連串美食和愛情的浪漫故事。

又如日劇《午餐女王》，被父母拋棄的女主角，最後一次和家人享用大餐，是在北海道函館的一間餐廳吃到的蛋包飯，女主角長大離開家鄉陰錯陽差闖入洋食店之後，看到洋食店的老爸每天半夜在廚房熬醬汁，更是大受感動，無論如何受屈都要留在店內打工。那美麗濃稠的醬汁是這間洋食店的靈魂，當有一天老爸又製作出最最美味的醬汁，似乎完成了終生追求的目標，得以無怨無悔的含笑而終，無怪乎後來他的兒子可以一口接着一口地吃下老爸最後調出的那鍋超完美的醬汁。

留在每個人的美食記憶，有時候確會爆出驚人的力量。對美食的回憶，似乎女士較感性；以食物調情，亦以女人主導居多。張定綺舉了一個令人忍俊不禁的例子——著名餐飲作家M．K．費雪晚年，有次在家款待一個年輕人，當年她已是七十多歲的老太太，這名男子或許不到三十歲。時近中午，費雪拿出一條新鮮的法國麵包切開，鋪上乳酪、火腿、生菜，接着她做了一件奇事。她拿出一卷保鮮膜，把麵包密密實實包了三層，然後交給年輕人，要他把這個三文治坐在屁股底下壓着。

兩人續聊了一小時，費雪要年輕人把麵包從屁股底下拿出來，拆開包裝，切而食之。經過許多年，這個名叫 John Ash 的年輕人自己當了大廚，也寫飲食評論，但縱然遍嚐天下美味，他對當年的三文治仍念念難忘。據他說，三文治被坐得很扁，而且捂得熱呼呼的。

雞蛋雜說：百變娘子味不同

我愛吃雞蛋。少年時，一頓早餐可以吃半打煎蛋。唸中學時，三餐吃得最多的，依然是雞蛋；我那時更愛用豬油渣伴雞蛋、鴨蛋、皮蛋兜亂熱煎，香噴十里，同居的福建鄉親也叫好，並打趣謂之「施氏大混蛋」，我不但不以為忤，且引以為榮。如今，每當胃口較差時，對着茶餐廳繁麗圖多的餐牌，不知要吃甚麼時，我會毫不猶豫的叫一碟火腿煎蛋飯或叉燒煎蛋飯，若然那黑黝黝的甜醬油出色，蛋煎得微焦而蛋黃若凝未結，那就真是「正斗」之至，胃口必「豁然開朗」，心情亦隨之大佳！

吃了幾十年蛋；如今才驚覺雞蛋、鴨蛋、皮蛋，多吃無益更危害健康。然而，平生吃過的蛋，一念閃起仍舌津生香難忘的，莫過於我一位中學好友母親炮製的滷蛋。這蛋，放在砂窩與鮮竹筍五花腩一起燜，調配好的紹酒、八角、生抽老抽、冰糖等，兩三天後，盡吸其日月精華，我每

趟去「黐餐」，必盡三大海碗白飯加六隻滷蛋！另一難忘的經驗，是七十年代唸新亞研究所時，有一年的新春，大伙到老師家拜年，在唐君毅師母家，我一口氣狂吞了十二隻五香茶葉蛋！眾師兄弟無不露出一臉驚愕，內心也許在咒罵：唸書不見這傢伙如此猴擒，吃蛋倒露出這般狼急相！也難怪學問毫無寸進！肚腩倒挺得彷彿腹有詩書的氣派！

老師的哲學微言大義，要是我的腦能像一隻滷蛋般吸滲其精華，那多好！

如今吃蛋，竟吃出一步一驚心——那豔麗的蘇丹紅，並非風雨之夜翩然踏着韻步、來自聊齋那溫柔嫵媚一夕纏綿卻趕着日出之前自動消失的女鬼（毋須問責如此便宜的事怎可能「明益」那壞鬼書生？文人多患有妄想症又一實例。米蘭．昆德拉《生命中不能承受之輕》裡的托馬斯說他做完愛的那一瞬間，感受到一股想要獨處的慾望，無法遏止。深更半夜在一個陌生的生命旁邊甦醒，這讓他覺得很不舒服）；這蘇丹紅原來是一種親脂性偶氮化合物，作為人工合成的紅色工業染料，被廣泛用於如溶劑、油、蠟、汽油的增色以及鞋、地板等增光方面。自二○○三年五月在法國發現辣椒製品摻入了蘇丹紅一號後，世界各地的食物安全機構，開始監察食物是否受到蘇丹紅污染，皆因其可致癌。

雞蛋與蘇丹紅扯上關係，豔幟未高張竟先變成噩夢！不過，我中蛋毒太深，在蘇丹紅疑雲陣陣下，我還是堅持每日吃蛋！重溫前輩寫的有關蛋的文章，我依然覺得蛋是美麗的！梁容若於〈從吃雞蛋說起〉一文引明末散文大家張岱《快園道古》的一則故事。話說蘇州知府林五磊，平素不孝順。其父到知府衙門去看他，住了半月，就逼老人回家，給了一點錢，派人押送回去；老父臨走時，要些白酒雞蛋也要不出，老人家在半路上給氣死了。我不知道這是不是第一位「以身殉蛋」的悲壯故事。林五磊因蛋而背上「不孝」的惡名，值得嗎？

同樣是雞蛋的故事，結局卻完全不同：紹興東昌坊有個窮人叫薛五，很孝順，其父每天早上，必去澡堂洗澡，薛五一大早必攜熱酒三合，茶雞蛋兩個，給老人家下酒擋寒。詩人袁雪堂作詩讚曰：

三合陳希敵早寒，一雙雞子白團團；
可憐蘇郡林知府，不及東昌薛五官。

從以上可見雞蛋之為可大可小，不可兒戲。吃上與吃不上，可分別孝與不孝。前輩說：老人易患高血壓與動脈

硬化，蛋黃多吃，不利老人。如果薛五官之父，因多吃雞蛋而損害健康，則極孝之心，未必能作出極成功之事。梁容若說他的曾祖父活到九十高壽，據云當年其子孫就是每天早上給他們三個「臥果」吃，可能是受了薛五官故事影響；他吃了很多雞蛋，沒有影響壽考，總算是個特殊例子。

醫生不會建議我們每天吃太多蛋，通常一隻起兩隻止，而且，最好不吃蛋黃。前輩又說，一九二二至一九二八年，北京師範大學的學生食堂，由名飯館致美齋包伙食；喜歡素食的學生，可以三個炸烹蛋角替代一葷菜，中午晚上合算，每天一人可以吃上六個雞蛋，比起埃及廢王法魯克依然遜色——他每次早點吃十個雞蛋，和袁世凱當年的早餐吃蛋量，正好相當。

吃得太肥膩與吃太多蛋，肯定有礙健康。袁世凱除了蛋吃得太多，尤好烤鴨，愈肥愈高興，前輩說，北京填鴨的流行，據云和他的提倡嗜好有關。大量的脂肪和蛋黃，是袁氏尿毒症的起源，這位大軍閥自恃健壯如牛，卻只活了五十七歲。筆者已遠離「施氏大混蛋」久矣，如今吃蛋，則根據「高蛋白，低卡熱」減肥食譜的秘訣，一天吃兩個白煮蛋，喝齋啡，隨意吃些水果或沙律，無損健康體重亦不至更上層樓。吾友高醫生則建議筆者向陳馮富珍學習：餐餐食

雞，去皮，少吃飯，可減肥。筆者自幼愛烹調，純吃雞，太單調，有時我會以蛋白加點太白粉打勻後，在鍋中攤炒成片，略加蔥蒜等調味，製成芙蓉雞片；劉枋《吃的藝術》所介紹的「荳苗雞糕」亦可一試：

蛋白加雞茸蒸成羹，上面加純雞湯配鮮荳苗。吃得清淡，並不等於要吃得寡味。減肥，也可以很快樂！

無論如何應該教書

啟發人的不是答案，而是問題。——這是羅馬尼亞裔法國劇作家尤乃斯柯（Eugene Ionesco）的名句。那天中午，我在學校的走廊巡視學生飯後的秩序，有個向來愛發問的小四生一臉疑惑走來問我：「施老師，我班主任在說你呢！」我奇而問之：「說我甚麼？我今年都沒有你們的課。」小男生神秘的把嘴巴湊上我的耳朵：她說你教得不好，講書唔清楚！

我先是愕然，繼而失笑——皆因我先前看過一篇文章，乃是《今日美國》（*USA Today*）的調查：沒有比一個糟老師對教育小孩傷害更大，研究顯示一個小學生，可能平均碰上三個差老師。我笑——因為這小男生太幸運了，兩年前已遇上我這個魔鬼教師！再「撞」正兩個，有何難哉？當然，我亦慶幸他這麼早便遇上一個肯講真話勇於背後揭露人間黑暗面的好老師；《女王的教室》若拍續集，她是最佳

人選。

我這人向來低調，且服膺與世無爭（是以心儀的女朋友都給壞男人搶走），更懂得自我解嘲；那無數被最佳女教師「篤背脊」的日子，我以愛爾蘭作家王爾德的語錄即可化解之：天下只有一件事比被人議論更糟，那就是不被人議論。某女作家認為女藝人愈被偷窺偷拍便愈紅，若然，則吾愈被「篤」愈顯得是良師？教師這碗飯，再難啃，畢竟也吃了二十多年了！古希臘哲學家蘇格拉底說：無論如何應該結婚。如果你找對了伴侶，從此就快樂一輩子；如果不幸找錯了伴侶，就可以成為哲學家，這也並不壞。我把這位大哲家的話改一下，益發覺得我是吃這行飯的：無論如何應該教書。如果你遇到好學生，從此就快樂一輩子；如果不幸碰到壞學生，就可以成為教育家，這也並不壞。

事實上，我這人不但低調，且膽小如鼠。余華有篇小說就叫〈我膽小如鼠〉，小說的主人公楊高就因自小在學堂便怕事，惹來膽小如鼠之嘲諷。我雖然深有體會出來謀事「餓死膽小的，撐死膽大的」——經常發生，可從來不敢好高騖遠，安於做個快樂的小學班主任；可是，有一年，不知何故又被某女教師「篤」，當年梁校長以「姑息養奸」把我痛罵了一頓，我如果不是膽小如鼠，理應「慷慨歌燕市」，可

我還是忍了，從此，我知道我不會是個革命家，也不適宜從政，唯一適合我的，應該是較沒有江湖風險的教壇，然而，我又錯了！或許，我該信命——前世是個得道高僧（某相士贈言）。

不過，夜半三省吾身，我又想起一則關於高僧的事。據史書記載，唐代的武則天，一趟廣集神秀等一眾高僧，單刀直入，問：你們可有情慾？神秀答：沒有。武則天轉問智詵：你呢？智詵答：有！「何以故？」武則天再問。答曰：生則有欲，不生則無欲。武則天畢竟是個「非常女人」，認為智詵敢正視情欲，最為誠實，就把從禪宗的達摩祖師那兒傳下的袈裟賜給他。好一句生則有欲，不生則無欲，引而申之，凡有人的地方便有是非，教師既是人，教室課堂內的是是非非又豈可沒有？教師的道德情操真要比一般人高嗎？范文瀾的《中國通史》也曾譏笑百丈禪師，説他不怕下地獄，就怕見尼姑和客俗人家的婦女，甚至是埋葬死尼姑的墳墓。在被篤背脊的一天再出發——上學去，思之不禁釋然。

時代確變了，皆因這是個不確定的年代？六、七十年代初求學，老師給我們最多的功課便是抄讀和背誦，我至今受用無窮；如今，這兩道板斧被視為「低質素」，是我們

那時候做學生蠢鈍？還是當今的學生聰明？也許，那時我們欣賞老師對古文詩詞的背誦如流，一手如石碑的遒勁板書；現在的學生欣賞老師的 I. T. 教學，有聲有色的 Power Point？語文水準——果真就突飛猛進了嗎？

我向來不愛以一刀切去評論人物，像文首提到的那位最佳女教師，好發暗箭且如小李飛刀，百發百中，做人，縱達不到「不欺暗室」的修養，卻自有一套華麗門面的工夫；既然達爾文的「物競天擇適者生存」是我們認同的，那麼，任何一種求生的意志和凸出自己的優點，都是值得尊敬的。我自己倒也要好好檢討，為何如此容易成為箭靶，是性格看似散漫的缺陷？是樣衰口臭身材差叫人抗拒？是外型「酷」欠親和力？是否要考慮輕輕的我走了，我揮一揮手，不帶走一抹粉筆痕與頭皮屑？

我最不愛以「好與壞」分流學生；每個學生必定有他們個別的天賦特性與潛能傾向，以成績定優劣十分危險，以自己的好惡取捨去決定親疏，這不是教育，是本能的表現。誰都知道放下就自在，誰都懂得求學不是求分數？然而，實情常扼於所謂「形勢比人強」。最近讀到一則談論教育的本質，頗有同感：當教育還在簡單的知識傳授的「天井」裡徘徊，那麼把學生培養成高級的應試工具，便是學校的最

高要求，升學率也就成為唯一衡量辦學水準的指標（在香港是派 Band One 名校的百分率），這樣的教育實際上是在辦「考試」而不是辦教育，更不是辦文化。因為教育的最終目的，是在追求人的自我完善的同時，為社會文明提供動力和源泉，文化在實現人的文明中具有內驅動力作用和陶冶感染情結。

我們的教育究竟出了甚麼問題？我看主因是我們太不務實了。門面的工夫倒是過猶不及，班主任連給學生的評語都不敢講真話，怕學生不高興，家長動不動投訴，平時教訓學生，要顧及學生的自尊，再沒有當頭棒喝的醍醐灌頂，更多的是報喜不報憂的恭維，教育——沒有求訊與答訊的真情對流，這樣的教育怎麼會有希望？我多渴望響應教統局的號召：在團隊分享愉快的心情下再出發。

貪令智昏　君子制慾先淡紅塵

泰國前總理他信被軍人以貪污罪名兵變推翻，擁有美國刑事司法博士學位的他信，據報道，自二〇〇一年二月出任總理，至下台前五年左右的時間，竟貪污逾十九億美元（約一四八億港元）；難怪他「落難」——也要選擇居大不易的倫敦，其府邸氣勢不凡，比唐寧街十號實有過之而無不及。難怪鏡頭前後，他都笑得如此顧盼自豪，比馬科斯一九八六年倉皇辭廟乘直升機往夏威夷時的狼狽，宮中獨自留下伊美黛三千雙珠履鞋襪，獨自向黃昏斜風夕霞嘆息，那景象，確實不可同日而語！

翻開每日報章，按鍵打開電視，要是有一日沒有貪污舞弊的事發生，那就真是新聞。貪污竟如吃飯一樣普遍，今日吃過飯嗎？換成「今日貪污過嗎？」，倒變成世界語，橫行無阻。

人的一生，總有貪念的時候。要是任貪念滋長，那就

貪污累事。明人呂坤於《呻吟語》說：「只一個貪心，第一可賤可恥。羊馬之於水草，蠅蟻之於腥羶，蜣螂之於積糞，都是這個念頭。是以君子制慾。」君子制慾，真是可圈可點，貪念一如慾望，穿梭不息，愈偷愈想偷，筆者小時候偷姑母的錢，起初一塊兩元的偷，每趟均神不知鬼不覺，於是心雄了，五塊十元地拿，也安然無事，風平浪靜，於是一百元一百元的偷，終於事敗被擒，惹來一頓酷打教訓。

貪念，多從蠅頭小利開始。我以前在報館任編輯，有個男同事每晚放工，都要在公司裝滿一公升的蒸餾水才肯回家，其後我任「人之患」，一趟李校長（今已榮休）報告校務時，笑說有教師把學校的廁紙，一大條的搬回家！天下既有雅賊，那麼，編輯、老師的這種小貪，也只能算是「雅貪」。此種「雅貪」，也只有呂坤如此泥古不化，才會覺得有了貪念的人，就會和醜惡的東西攪在一起，壞了一生的人品。這類人，依我多年的觀察，通常精打細算薄有積蓄，拔一毛利天下而不為，你若不知趣與之談人品，他們會反問：人品存入銀行，有利息嗎？還是司馬遷沒有了紅塵雜念，頭腦澄明得多：天下熙熙，皆為利來；天下攘攘，皆為利往。

有人覺得貪婪令人失去記性。美國的科學家曾通過一項實驗，發現魚的記憶力極差，他們將上釣的魚放掉，有的

魚兩天之中，居然會有十次上釣的記錄。只見餌不見釣——貪令智昏，令人喪失危機感。《菜根譚》作者洪應明老早說：人只一念貪私，便銷剛為柔，塞智為昏，變恩為慘，染潔為污……故古人以不貪為寶，所以度越一生。

「不貪為寶」四字確重如泰山，更如醍醐灌頂。能淡泊明志，是魚，便只見釣不見餌，永遠不會給老饕如倪匡之流釣了去清蒸！「不貪為寶」語出春秋時宋國一個叫子罕的人。據《左傳．襄公十五年》記載：宋人或得玉，獻諸子罕，子罕弗受。獻玉者曰：以示玉人，玉人以為寶也，故敢獻之。子罕曰：我以不貪為寶，爾以玉為寶也，若以與我，皆喪寶也，不若人有其寶。

子罕這廝，當時是宋國的一個司城，相當於現在主管城建的官員。在「精仔叻女」的眼中，未免滿肚不合時宜；人家把一塊經過專家鑒定的美玉獻給你，你不領情也就算了，還「阿芝阿祖」的「講耶穌」：甚麼若是我收了你的這塊玉，我就沒寶了，你把玉送給我，你也沒寶了，不如你我各自留着自己的寶。如此不識抬舉，把「不貪」視為「寶」，有病啊！腦有屎啊！美玉不要，好！老子明天就把雞頭狗血搭在你門前！

「人在江湖，身不由己」——二千七百多年前的子罕已

深有體會。要堂堂正正，無私無畏自由坦蕩地活着，原來也不容易。當然，我們也可以從「貪婪造就愚人，捨棄成就智者」的角度去分析。東漢許劭的《予學》值得每個參政者認真的讀一遍。原文不過千字左右，一開首便充滿哲理：大失莫逾亡也，身存則無失焉。大得莫及生也，害命則無得焉。得失之患，啟於不捨。不予之心，興於愚念。

戀戀紅塵，這是最精警的生命教育。許劭說：最大的失去沒有超過死亡的，只要活着，就不是真正的失去。最大的獲得，沒有比得上生命的，若是危害性命的，就不是真正的獲得。得失的禍患，源自不願捨棄。不肯施予的想法，來自於愚蠢的念頭。大施予才能大成功，看透得失，沒有甚麼不可放下，命運自己掌握，何勞相士指點，奶奶支持！朋友鼓勵！

許劭的「給予成功學」，正好針對人的貪婪，錄之，希望阿扁能看到：

取為後，予為先；得為後，捨為先；

不懂施予者，必得而復失；

獲取而不剝奪他人，是獲取之至境；

天地所以偉大綿長，是它不斷付出的結果。

最後那一句，使我想到蔣勳對天地有大美的讚嘆，當你把天地升高成為一種胸襟與氣度，認真的欣賞一座山，千山萬徑我獨行，要的，唯清風與明月。

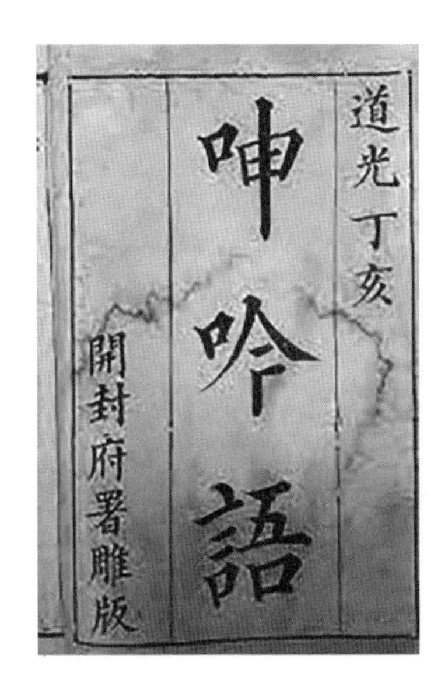

《呻吟語》說：「只一個貪心，第一可賤可恥。羊馬之於水草，蠅蟻之於腥羶，蜣螂之於積糞，都是這個念頭。是以君子制慾。」

《菜根譚》老早說：人只一念貪私，便銷剛為柔，塞智為昏，變恩為慘，染潔為污……故古人以不貪為寶，所以度越一生。

哭泣文化多面看

洪巧俊寫的〈哭喪藝術家〉，提到職業哭靈人的聲情並茂，感染得死者的親屬哭聲慟天動地。善哭——原來也是謀生致富的資本，哭得好，甚且是藝術家呢！

他人辦喪事，自己傷心哭。此種僱人代哭的專業戶，並非吾國獨有。地中海的馬耳他島，一般要僱二至三位女性來哭。一般而言，女性較善哭。蘇珊．布朗米勒（Susan Brownmiller）於《女性特質》的「情感」一章指出：一九七○年有一項標誌性研究，在那個所謂的《布羅弗曼報告》領域裡很出名，報告說「非常容易流淚」被一組心理學家確認為是非常女性的特徵。反面的男性特徵則是「從不流眼淚」。亞里士多德也說：女人比男人更加富同情心，更容易受感動而掉眼淚。這話當然有相當道理，君不見選美會上，不論古今中外，得獎的佳麗，誰個不顫抖着紅唇、噙滿激動的淚水？

蘇珊的文章稱，在許多國家，喪禮禮儀上都有站在一旁哀哭的婦女。極度的傷心是個適合女性充當的角色，至少那是內心痛苦的表達方式。在新聞照片庫裡，當遭遇到災難之際，都能看到婦女哭泣（恐怖主義的爆炸襲擊、空難、暗殺）。女人淚水的渲泄是受鼓勵的——來吧！來吧，哭出來吧！而人們卻告訴男人要堅強，哪怕是上刀山下油鑊。

勸男人老狗痛哭一場好讓自己舒服一點，這可不是一個鼓舞鬥志的好辦法，皆因對自己情感的失控，並非男子漢大丈夫應有的表現，正是這個令人不快的念頭，阻礙了男人們選擇訴諸淚水的渲泄情感方式。英雄有淚不輕彈，遂使孟姜女哭倒長城而名垂青史——史上最強的淚，力拔山河的西楚霸王就此拱手相讓；歷史，能不痛哉？能不惜哉？孟姜女那驚心動魄的天下第一哭，早在《孟子·告子篇》就談到：華周，杞梁之妻善哭其夫。其事早在春秋時期；趙注云：華周，華旋也。杞梁，杞殖也。二人，齊大夫，死於戎事者，其妻哭之哀，城為之崩。此乃最初版本，杞梁是姓，非後人以為姓范名杞良那個人。

獲取報酬的商業性哭喪，像湖北武漢下崗女工高秀梅，用淚水化為彩虹，賺取人生第一桶金，確值得尊敬。地中

海馬耳他島那些受僱的哭喪女，有民族學家認為，她們身穿禮服，一邊把頭髮剪碎，拋撒在棺材上，一邊哭泣。這種哭泣是被禮儀化和形式化了。哭女令人意外地在很廣範圍內存在。把僱用哭女解釋為是對父母盡孝的一種社會現象，或把哭泣理解為非孝道而只是在施行巫術，這是兩種不盡相同的哭喪理論。後者認為，哭泣並不是悲哀父母的亡故，而是始於避忌死穢的習慣。

韓國學者崔吉誠有一篇論文——〈哭泣的文化人類學：韓、日、中的比較民俗研究〉(見周星主編《民俗學的歷史、理論與方法下冊》，商務印書館)，文章很有趣，它指出：日本人的葬禮寂靜，參與的人，盡量克制不哭，反之，韓國人於葬禮，則盡情痛哭。從民族、文化上看，韓國和日本很相似。語言同屬烏拉爾—阿爾泰語系，都有敬語；在儒教文化、漢字文化、稻作文化等基礎文化層面，也多有共同點。但是雙方也有明顯不同的地方，尤其在哭泣的文化上。韓國人哭起來很劇烈；他們悲哀時哭，高興時也哭。韓國電影界、電視劇，主要靠男女明星的眼淚賺錢，以哭片為主——《藍色生死戀》裡的男女主角宋承憲與宋慧喬經常淚流披面，哭起來劇烈得地動山搖，觀眾就是受落。

日本人則不分男女，大都能抑制哭泣；在日本，服喪

的兒女不能將淚水滴落到父母遺體上。原來，日本的民俗認為眼淚若滴到死人身上，「三途之川」就會出現洪水，使亡者不能到達淨土，故在葬禮上不哭。

韓國社會有對哭泣持肯定意見的傾向，韓國文化裡有男人必須哭泣之時的意識結構。父母認為孩子的哭泣本身就是語言、信號，是自然而必要的。大人對孩子哭泣的態度，據云對其成人後的性格，有一定影響。在對哭泣持肯定態度的社會和家庭中長大的孩子，成人後對哭泣也會予以肯定。男性之淚，並非弱者之淚，而是強弱和諧之淚；剛強者之淚形成強弱和諧，故富於魅力。看來，韓國男人即使動輒流淚加一把鼻涕，也無損其硬漢的形象。

崔吉誠指出：與西方人相比，東方人的家教傾向於哄，對付孩子哭主要是哄。西方人在孩子教育方面較嚴格，對哭泣採取強制的辦法，尤其對孩子的餐桌禮節要求嚴格。西方國家，較認同男人的陽剛氣，有淚——即使到傷心處，亦應往肚裡流，否則，無運行。以下是個好例子：一九七二年，新漢普郡的總統第一人選，參議員愛德蒙．穆斯基（Edmund Muskie），當時是一位民主政治的先驅，他因為在競選演講時，於講到針對其妻的一些尖刻的新聞評論時而當眾流淚，結果斷送了自己的政治前途。

容易流淚的男人，始終予人懦弱的觀感；反之，「爆粗」和狂怒，無論是反凳或亮劍，均無損於男子漢氣質。虎目噙淚既不容於社會，男人如何渲泄俗世情心中怨懷裡愁凡間恨？

《哭泣的文化人類學》稱荒木博的《日本人的行為方式》一書，以二百首歌謠為基本資料，統計了歌詞中語匯出現的頻率。對一首歌謠中反覆出現的語匯逐一調查，結果出現最多的是「哭泣」和「眼淚」，其次為「夜」和「夢」。哭泣和眼淚在日本歌謠中以百分之七十至百分之八十的頻率出現。意外吧？何以在人們印象中切腹多過流淚的日本人，歌謠裡的淚水，竟如江河決堤洪水泛濫？道理還不簡單，平常強抑的淚——此刻，都憑歌散去！都隨風逸走！

變態的背後，往往，有最常規的舉止。

《藍色生死戀》裡的男女主角宋承憲與宋慧喬經常淚流披面，
哭起來劇烈得地動山搖

父親情懷怎會苦？

母親生前，曾不止一次的對我說：吾兒，你父親不煙不酒，你長大後也要學他，千萬別喝酒抽煙！不要學壞。母親是傳統的農家婦女，在她的理念上，煙酒就算不是洪水猛獸，也是穿腸透肺的不祥之物。

果然，我恪守母親的遺訓，不煙不酒，只是，她少叮嚀了一句：可也要像他那樣沉實專一，不風流好色！我雖不愛杯中物，讀書寫作亦毋需借助「煙屎比你純」，靈感依然從不匱乏；唯獨一把年紀，做了人家的父親二十多年，夜半鮮追究前非卻做着浮華春夢；上天不憐我情多金盡，傾城之戀雅致中就是少了幾分豪邁！淺水灣的風月怎麼也浪漫不起來。

我與父親相聚的日子寥寥可數。母親生前，他來過香港兩三趟吧，每趟頂多逗留一至兩個月，他予我的印象威嚴不苟言笑，堂堂六呎的身軀，走起路來鏗然有勁，偶爾會

引一、兩句論語或大學中庸孟子教我做人的道理，父親自詡那是他工餘自學的，言下之意——修身齊家治國平天下所需的，最重要是自強不息！

記憶中，六十年代我與母親初來香港，他從馬尼拉飛來與我們團聚，其時住在香港仔舊大街，我仍未入學，父親不知從哪裡弄來一本《千字文》，黃昏後無聊，父親用閩南話教我吟誦：天地玄黃，宇宙洪荒，日月盈昃，辰宿列張，寒來暑往，秋收冬藏……就是這樣，打下了我日後愛背誦詩詞歌賦古文的基礎。

及後，母親病歿福建家鄉，我獨自在香港唸書，初升中一的我便過着獨立自主的生涯。父親在馬尼拉忙於謀生，父子只靠書信往來，日久見功，總也感到血濃於水的親情。

慈母嚴父——多數人向來都那麼認為，慈母總是手中線，嚴父無不手持打狗棒；迨「五四」後的朱自清，我們才看到父親臃腫的背影，為了買兩個橘子在火車月台艱難挪移而灑下了男兒淚；再後來讀詩人余光中的〈我的四個假想敵〉，詩人因四個女兒的日漸長大，恐防女兒未能慧眼識人而提心吊膽，每當電話的鈴聲一響，他的神經便開始緊張，彷彿女兒將會被哪個男子牽手奪去，詩人的慈父形象在幽默的笑聲盡顯。

嚴父的角色向來不討好。新世代的氣質，其中有一句是：我就喜歡，你管得着嗎？另一句經典的口號是：對人的最壞評價是悶。嚴父的角色——不幸均攬上身，試問又怎會有運行？商人愛母親節多於父親節，商機道出了事實的真相：子女會送康乃馨給母親，又有誰會依照一九一〇年六月的第三個星期天慶祝第一個父親節？當時，凡是父親已故的人都佩戴一朵白玫瑰，父親在世的人則佩戴紅玫瑰。再說，酒樓食肆訂桌慶祝母親節的往往比父親節多，老牛彷彿只要吃草擠奶就可以了。

此外，子女若然「搵到食」，孝敬阿媽的比率總要高出孝敬老爸的好幾倍！做荷葉保護蓮花的母親，看來比買橘子而只見背影的父親前途光明亮麗，世上只有媽媽好！男人之苦——何以仍是世紀的主旋律？

蔡元培於一九〇〇年三月曾發表《夫婦公約》二十五條，其中幾條如下：

> 養子而不教，不可也。教子之職，六歲以前，婦任之；六歲以後，夫任之。
>
> 教子當令有專門之業，以養其身。
>
> 教子不可用威喝扑責，以養其自立之氣。

教子不可用誑語，以養其信。

教子當摒去一切星卜命運仙怪之譚，以正其趣。

保家之術，不可不謀生計。

有生計矣，不可不知綜核家用，量入為出。

保家之術，當洞明我國現情及我國與外國交涉之現情，國亡家不能獨存也。

其時，國事蜩螗，民生多艱。學者文人或知識分子之唏噓，莫不衝着匹夫而來，教子保家護國的大任，毫無疑問，又落在做父親的肩膀上！我特別認同「保家之術，不可不謀生計」，我前半生的切身焦慮，最怕失業未能養家。愛因斯坦指點青年立身處世並沒有任何驚世駭俗之論：每一個人都必須首先對自己的生活負責，不能存着靠別人養活的念頭。科學家的不尚空言，這一點和他在科學方面石破天驚的創新，可謂截然有別。智者的言論也毋須扮高深，蘋果電腦的行政總裁 Steve Jobs 出身寒微，他的教訓我最愛向不肖子告誡：人生充滿意外，沒有點，不成線，最亂的點，最終可能變成最直的線，向天空亂拋黑點，是做人的美德。這與吾國古聖賢人所說的「虛名無益，有實則名」如出一轍。

作為「嚴父」，我無力打造「我的哈佛兒女」；不過，我倒有譚恩美（Amy Tan）的情懷：我希望孩子們享有最佳組合，也就是美國人的環境與中國人的個性。

美國人的環境是怎麼一回事，在這裡你若出身貧窮，也沒有甚麼好丟臉的，反倒最有資格爭取獎學金；如果屋頂塌下來，你也別哭說運氣不好，你可以提出告訴，請房東過來修理；你不必像尊菩薩一樣坐在樹下，任憑鴿子大便在你頭上，你可以去買把雨傘，也可以走進天主教教堂。在美國，沒有人認為你必須承受別人加諸在你身上的境遇。

至於中國人的個性，譚恩美說不易傳授；譬如怎樣尊重父母；如何聽母親的話；怎樣隱藏內心的想法、不動聲色，這樣才能運用潛藏的機會……怎樣發現、培養個人專長，但卻不把它當成便宜的戒指一樣炫耀；為甚麼中國人的觀念最有用。

說到底，天下父母心，無論慈母還是嚴父，他們都希望自己的子女活得開心幸福，我甚至為我最小的二十歲兒子着急，如此正經八百的、竟不曾有點少年的荒唐事？晚年要是後悔，可不要怪我這老爹多番數次提醒你主動的追女仔啊！還有——不能存着靠別人養活的念頭！

父親不知從哪裡弄來一本《千字文》，黃昏後無聊，父親用閩南話教我吟誦：天地玄黃，宇宙洪荒，日月盈昃，辰宿列張，寒來暑往，秋收冬藏……

髒話．馬桶．廁神
——屎有所聞的遐想

應用語言學家露絲．韋津利（Ruth Wajnryb）著的《髒話文化史》（麥田出版），其中一章「屎有所聞」實在精彩絕倫。她說：安格斯．基曼收集了「屎類」詞句的資料庫，歸納出此字三大不同的主要意思，將之分為屎（指涉）、屎！（情緒字眼），以及屎（東西）。

第一類的屎，其指涉性用法是「糞便」的低語域版本，但這八成是它最不常見的一種用途。隨着此字變得約定俗成，字面意義逐漸消失，代之以隱喻意義。舉個例，若你說看了施某人這篇不知所謂的文章，害你無聊到沒屎，聽的人絕不會以為你有便秘的困擾。

第二類的屎，用做情緒字眼，其表達的手法繽紛多姿，情境千奇百怪，試看：

不小心打翻飲料（哦，狗屎！抱歉）；

感覺疼痛（狗屎！那樣真的很痛）；

突然看見美麗的落日（狗屎！太美了）；

打錯電話（狗屎！我真笨）；

感到驚愕（狗屎！這消息真糟）；

感到震驚（狗屎！你開玩笑的吧？）；

感到遺憾（狗屎！我真希望事情不是這樣）；

快達到性高潮（他大喊：「老天的屎，我的上帝，我要射了」）。

看官，以上的「屎」，儘管多表示負面語氣，卻並非僅限於此，「日落」和「性高潮」兩例便清楚的說明了這一點。同樣的情緒字眼，傳達截然不同的心境。

第三類的屎，範圍亦廣。一如「東西」這個名稱所顯示的，其基本核心意義只不過是個名詞性詞（nominal）而已。它差不多只是某樣東西的名字，代替另一個名詞，類似代名詞。例：「我已經太老，不想再搞這種屎了。」「你這些屎怎麼扔得到處都是？」「我不想再聽到半點屎了。」這些例子——屎皆用來寬鬆地代表說者和聽者都熟悉的某樣事物。先前的對話，是他們基於某些共通生活經驗而彼此知

道的事物。我們跟素昧平生的陌生人說話時不會用「東西」此義的屎，主因是他們可能無法推知屎指的是甚麼，朋友、熟人或親密伴侶則可以。

從以上的例子，也許你會認同作者所說，如果我們要舉例說明字詞是如何透過特定情境而達成意義，屎是最佳例子。扎西．劉著的《臭美的馬桶》，有一章談到馬桶的歇後語，形象生動，幽默風趣，極富民間特色和生活氣息。城市人雖然已無緣見到「馬子滿街曬」的奇景，可有關的馬桶之語還是十分過癮，試看以下幾個例子：馬桶下生火——熟屎（視）無睹；馬桶上射箭——有勁屎（使）不出；馬桶裡養魚——見屎（死）不救；大年初一倒馬桶——忙屎（死）；馬桶加蓋——悶屎（死）；拎着馬桶趕廟會——集屎（市）；廁話裡說馬桶——就屎（事）論屎（事）；馬桶上掰手腕——屎（使）勁；翻倒的馬桶——奮（糞）勇前進。

一個矮胖子，渾身紅通通，你要揭它帽子，它就脫你褲子——這「馬桶」真他媽的「鹹濕」！可你在它上面放芝士時，香香臭臭——也得美言一句：鹹得有道理！美國女作家朱莉．霍蘭（Julie Horan）前後八年，孜孜不倦地尋訪世界各地的廁所，寫成《廁神：廁所的文明史》（*The Porcelain god : A social history of the toilet*），有一節談到上廁所的隱

諱說法，避開屎尿屁，文雅委婉的措辭，令人噴飯。譬如維多利亞時期的人們有一種成見，他們羞於提起身體的各種功能，因此成了發明委婉措辭的專家。在十九世紀之前，上流社會用一些委婉說法，比如「去摘一朵玫瑰花」(pick a rose)，此維多利亞女王時代和二十世紀的說法，無疑顯示了一種創造和幽默，是其他時期所沒有的。

其他有趣的大小便委婉詞如：做一次快速移動 (The plumbing/taking a whiz)、燒草 (burn the grass)、把蛇搾乾 (drain one's snake)、查看樹籬笆 (look up on a hedge)、吸乾大蟒 (syphon off the python)、擠檸檬 (squeeze the lemon)、去檢查烤餅 (going to check on the scones)、去與某人談馬的事兒 (going to see a man about a horse)、寄封信 (post a letter)、排出蜥蜴 (drain the lizard)、排空啤酒 (drain the suds)、與失業者握手 (shake hands with the unemployed)、抖落百合上的露水 (shake the dew off the lily)、一號 (number one)、二號 (number two) ——據朱莉．霍蘭說，美國人和中國人都把去小便說成「上一號」，而把撇大條說成「上二號」。用數字來指代身體功能首先興盛於十九世紀晚期說英語的小孩中；中國則在更早的時候就流行用數字來表達上廁所的需要了。

當然，委婉詞有優雅的一面，像一位貌似張柏芝的小姐嫣然一笑，說「要去摘一朵玫瑰花」，或者洋溢着 Asia Beauty 的章子怡小姐秀髮飄揚，舞動着玲瓏的曲線，失驚無神的回眸：我要去抖落百合上的露水！此刻，確實夠消魂。若像我這樣龐然大物的粗漢，眼神經常流露凶狠躁戾，還是說「去放水」或者「交水費」來得切實。我有個做大律師的朋友，為人斯文，大家相識於微時，偶爾茶敘閒話，人有三急，他會禮貌周周的問：我可以去解手嗎？起初，我以為他有病，一雙手明明自由自在，要解個屁？後來才明白他要去廁所。

「解手」——據《阿酷作家》的網頁說：「解手」一詞，古時指朋友相逢高興的「攜手」，等於現代的握手。離別時稱「解手」。宋秦觀詩：不堪春解手，更為客停舟。這是說春天朋友相逢，高興得不忍離開，竟為朋友停舟不歸。迨至明代，這個充滿友情的詞，便變成另一種含義。話說洪武、永樂年間，發現許多省份地廣人稀、地狹人稠的現象，因此太祖、成祖多次下令，將人稠之地人民移往邊境陌生之地。每次遷移，均以萬戶計，古人多有安土重遷之習，在結集上路前，押解的官吏，為了防範人民逃走，士兵就把他們的手捆綁在一起。旅途漫漫，移民大小便時，就得請求

官吏，把捆綁手臂的繩索解開，便後，再重新捆綁。時間一久，移民要求大小便時，便簡單的呼叫：我要解手！

我那鮮衣怒馬，居豪宅駕波子的富貴大律師，若有緣得睹我這篇狗屎不通的蕪文，今後恐怕會直截了當的說：我去小個便，失禮晒！

《髒話文化史》書影

閱讀國民　閒話性格

有日本生活經驗的人，無論你是本地還是外國人，都很難不對這種文化深深着迷。它的傳統規則給了你一種美學的感動與虔誠，它的熱情奔放又給了你它種文明容許不下的自我享樂。潘乃德（Benedict）女士研究日本的文化模式（筆者按：潘乃德是美國著名人類學者，所著《菊花與劍》飲譽中外；國內譯《菊與刀》，比較正確，因其中的 sword，指的是「武士刀」）驚訝地發現日本人對自淫的享樂，那種一點也不抱持嚴格的道德態度，深深撼動了西人，「沒有一個國家像日本有那麼多自淫的道具。」——以上是陳文茜於〈傳唱祇園〉所說的（見《文茜語錄》，時報出版），她表示日本雖是一個極端要求義務及徹底自律的道德國家；但日本的迷人之處及危險之處，在於它是少數佛教大國中，鼓勵享樂，並寬容官能享樂的民族。日本京都祇園的迷人之處在於，她祥和又放縱，拘謹且煽情；日本文

人相信享樂是一種文化義務，在苦勞的人生世界，他們追求肉身或感官的愉悅，就像磨練藝術一般。

陳文茜道破日人民族特徵的神髓。韓國首任文化部長李御寧提出了另一面有趣的見解；他在《日本人的縮小意識》(山東人民出版社) 指出：日本人愛把東西縮小，再縮小！此縮小意識滲透在他們的文化、藝術、生活、產業等方面。譬如日本的俳句，不僅是短詩，可以把廣袤、漠然的世界縮小，製成小巨人，裡面有種種獨特的美學。一茶在病榻上通過糊門紙上的小破洞去「窺」視、眺望夜空，並寫出著名俳句：透過窗紙洞，遙望銀河美。

日本人的精緻文化與生活模式隨處可見，你每去一趟日本旅遊，必然有更深刻的體會。日本人喜愛的花草有個共同點：即花朵本身很小，花束稠密地簇擁在一起，有其成群的群集性特點，櫻花也不例外；還有過去女學生喜愛印在信箋上的君影草，再如現在東京一些酒館、酒吧、咖啡店常用的多花紫藤等等，都與胡枝子一樣，是花朵碎小，簇擁在一起的那種花。

對日本人來說，「小即是美」已然是一種集體的潛意識，美麗的東西就是「細」東西，是小巧地凝聚在一起的「結晶」物體。小說也一樣，比起長篇小說，那些小巧玲瓏的短

篇小說，特別是那些富有日本特色的短篇小說備受青睞。在大正末年（一九二六），岡田三郎、武野藤介就提倡過千言小說，後來川端康成親自寫出上百篇微型小說，把微型小說的流行推向高潮。

每個國家的國民，無疑都有不同的傳統、文化與國民性格，單憑片言隻語、幾則戲謔或幽默的揶揄去論斷分析，難免墜入以偏概全、牖中窺日的陷阱。

儲安平的《英人、法人、中國人》（遼寧教育出版社）高度讚揚英國人的踏實不空談，自律性強適合團體內公共習慣；至於中國人，在儲安平的筆下，似乎無一是處；他說中國知識階級之重言不重行，好虛文而不好實質，是中國社會的可怕的慢性肺結核症。幸而中國的農民務勞務實，克勤克儉，又幸而克勤克儉的農民佔全國人口百分之八十以上。在〈中國人與英國人〉一章，他引幾句諺語，並謂「這幾句實可充分表示兩國的民性」——英人有言：

> 一個英國人：一個呆子，
>
> 兩個英國人：一場足球，
>
> 三個英國人：一個不列顛帝國。

中國的諺語則云：

一個和尚挑水吃，
兩個和尚抬水吃，
三個和尚沒水吃。

儲安平於抗戰初期（一九四五）抒寫這些文章，難免受到時代的囿限；他對國人的苛責，或許有點「哀其不幸，怒其不爭」的情意結。然而，細味全書，難掩其精辟與獨到的見解。他指英人乃「行動之人」，法人乃「思想之人」，西班牙人為「情感之人」。思想之人的法人，在行動及感情兩者之間，接近哪一方面呢？他們比較接近感情。假定說，行動是硬性的，則思想與感情都比較屬於軟性的。法人比較英人富於風趣而又較活潑。法人的特質之一，就是坦白，而坦白乃是從感情中而來。法人之感情又極自由，所以感情極易在外面表露出來。但法人之感情雖極自由，卻非天然的，法人的感情殆皆屬浮面的，與英人藏在心底裡的感情及西班牙人由心中迸裂出來的感情，皆不相同。

一個國家的國民性當非三言兩語可以概括。不過，見微知著，從小處往往亦可以看出大道理。韓良露說得妙：

法國人懂得許多生之歡愉，不愛洗澡，卻喜歡洗屁股，因為洗屁股又衛生又舒服，不像德國人關心健康，則會設計特殊的馬桶，讓糞便不能掉入水中，方便人們仔細目測兼嗅聞自己的糞便是否「正確無誤」。德國人看來比英國人更實際，他們不喜歡不可控制的意外，買意外險或每天看好自己的「便便」，都可以減少面對意外時的慌張失措。德人如此務實，因此德國有許多公開登記和活動的換夫換妻俱樂部，用社會契約行為補償一夫一妻的性限制，但法國人卻喜歡偷情的藝術，情婦、情夫的意義與價值就不可公開。

韓良露看出法國人重視嘴的功能，德國人最在乎的卻是肛門及糞便。於是她如此感慨：法國人關心吃進甚麼食物，德國人關心拉出了甚麼？法國的媽媽多半寵小孩，拉丁式的母親成為聖母，女性崇拜在法國歷史悠久，德國媽媽卻用訓練戰士的方式教育小孩，她說她在德國旅行時，不只一次看到德國媽媽訓斥小孩，因為把小孩教成好公民，是德國媽媽的責任，但法國媽媽卻不認為必須教出甚麼好公民。

道不同不相為謀，若然每個人都有他尋找樂趣的方式，同樣的，每國國民都有他一套存在的理由。

《日本人的縮小意識》指出：日本人愛把東西縮小，再縮小！此縮小意識滲透在他們的文化、藝術、生活、產業等方面。

寥落江湖一蹄印——閒話江湖

「我不在江湖，江湖卻有我的傳説。」——陳凱歌説的這兩句話入選二〇〇五年內地最經典語錄。這兩句話確精警，它大可以變成：我不在官場，官場卻有我的傳説；我不在文壇，文壇卻有我的傳説；我不在歌壇，歌壇卻有我的傳説；我不在骨場，骨場卻有我的傳説。

説話的人，只要加兩分丹田氣，眉毛一揚悠悠從嘴角噴出來，若抽煙或叨着雪茄，那氣勢就更懾人，一句話：型爆！

讀二月號《讀者文摘》查小欣寫倪匡大哥，有這麼幾句：倪匡相識滿天下，人緣甚佳，他這次回港，人已不在江湖，但各方好友熱情不減，他的約會排得滿滿的。

人不在江湖，卻如此有江湖地位，倪大哥即使「隱匿江湖」，依然與江湖沒完沒了！

年輕時，誰不嚮往江湖？當年曾跟一個老師傅學過幾

年「太祖拳」，也妄想游劍江湖，放浪江湖，闖蕩江湖；然事與願違，蕭然一劍走天涯，張徹的陽剛電影，只能點綴我壯年的夢。如今，髮如雪，粉筆飄落的白屑，伴着幾聲乾咳數聲呼喝，江湖只圍着一眾嗶鬼，他們精力無窮，他們被迫升班，我無奈苦苦善誘，「江湖」變成囚籠，困獸如何笑傲高嘯？

現實的江湖不可愛，詩人騷客的江湖倒惹人遐思。黃庭堅：桃李春風一杯酒，江湖夜雨十年燈；范仲淹：居廟堂之高，則憂其民之處；處江湖之遠，則憂其君；李白：鴻雁幾時到，江湖秋水多；杜牧：落魄江湖載酒行，楚腰纖細掌中輕；惆悵江湖釣竿手，卻遮西日向長安；李商隱：欲回天地入扁舟，永憶江湖歸白髮。……

余光中：青史野史鞍上鐙上的故事／無非你引頸仰天一悲嘶／寥落江湖的蹄印。皆逝矣。（見〈唐馬〉）又如：而我，伏櫪的老驥，筋骨猶頑／四百匹的馬力，久未馳驅／只等萬蹄踢踏遍江湖踹來／帶動大地的胎氣，一聲霹靂。（見〈馬年〉）

撇開「黑社會」的江湖恩怨，江湖顯然有其可愛的一面。南方朔於《語言是我們的居所》（大田出版）對「江湖」的解釋，只那麼一句：指「在外空手求財的行業或人」。最

近讀張遠山的《文化的迷宮——後軸心時代的中國歷史探秘》(復旦大學出版社)，內有：〈「江湖」的詞源——兼談中國的文化聖經《莊子》〉，使我對「江湖」有更深層的認識。

張遠山對陳平原教授的《千古文人俠客夢》亦褒亦貶。他說：此書勝義頗多，如論俠客為何必佩劍，俠骨為何香如許，均予人啟發。妙句也不少，如「山林」少煙火味，而「江湖」多血腥氣。「山林」主要屬於隱士，「綠林」主要屬於強盜，真正屬於俠客的，只能是「江湖」。中國文人理想的人生境界可以以如下公式表示：少年遊俠——中年遊宦——老年遊仙。

張遠山指《千古文人俠客夢》有一個不大不小的尷尬：言必稱「江湖」，卻未能找到「江湖」的真正詞源。由於對「江湖」的詞源語焉不詳，陳平原就給了讀者一個錯覺，似乎「江湖」一詞是遲至唐代豪俠小說才正式出現的。張遠山說得極其精要：所有元素型的文化觀念都必須到先秦典籍中找到源頭才算數，這應該成為學界的基本常識。先秦之所以被稱為「軸心時代」，就因為它提供了後軸心時代的一切文化元素。

聞一多於《古典新義．莊子》稱：莊子果然是畢生寂寞的，不但如此，死後還埋沒了很長的時期。西漢人講黃老

而不講老莊。東漢初班嗣有《報桓譚》著述了桓譚欲向班嗣借《莊子》的信札，博學的桓譚連《莊子》都沒見過。註《老子》的鄰氏、傅氏、徐氏、河上公、劉向、毋丘望之、嚴遵等都是西漢人；兩漢絲毫沒有註《莊子》的。莊子說他要「處乎材與不材之間」。他怕的是名，一心要逃名，果然他幾乎要達到目的，永遠湮沒了。

莊子所說的「至人無己，神人無功，聖人無名」正好是他的寫照（可參考陳鼓應《老莊新論》，中華書局）。

張遠山謂：「江湖」的真正詞源出自始終不被儒家中國承認為正式經典的中國文化第一元典《莊子》。在《十三經》和所有先秦典籍中，都沒有出現過「江湖」一詞。《莊子》全書使用「江湖」一詞凡七處，是漢語中最早出現的「江湖」。我們較熟悉的有：

> 今子有五石之瓠，何不慮以為大樽而浮乎江湖，而憂其瓠落無所容？（內篇・逍遙遊第一）

> 泉涸，魚相與處於陸，相呴以濕，相濡以沫，不如相忘於江湖。（內篇・大宗師第六、重言又見外篇・天運第十四）

陳平原說：「江湖」的這一文化意義，在范仲淹的名句「居廟堂之高，則憂其民；處江湖之遠，則憂其君」表現得最為清楚。張遠山則認為真正的道家，不可能如此。「獨與天地精神往來，而不敖倪於萬物」的莊子，他所強調的「至人無己」；陳鼓應讚其透脫之至。

事實上，儒家強調的「克己」，多從克慾處下工夫，其結果長期在慾念的絞纏中打轉子，常弄得人生乾枯蔽陋，往往導致閉塞的人生；反觀莊子的「無己」，既超越偏執的我，不受環境空間限制，不「拘於虛」、「篤於時」、「束於教」——自然會以開放的心態看人生！張遠山指范仲淹的「憂」是「身在曹營心在漢」的分裂人格，正是儒家型的卑瑣政治人格，而非道家型的偉岸文化人格。他因而立論：因此莊子不僅無可爭議地擁有「江湖」一詞的最早知識產權，並且無可爭議地擁有「江湖」一詞的最終解釋權。而「天子不得臣，諸侯不得友」、「獨與天地精神往來，而不敖倪於萬物」等等，乃至整部《莊子》的要旨，正是「江湖」一詞的真正文化意義。正是在這一意義上，「江湖」成了對抗「廟堂」、「以武犯禁」(韓非語) 的俠客的唯一舞台。

今年才四十三歲的張遠山讀書極細心，他於附記稱初

版於一九一五年的《辭源》，儘管未能解釋清楚「江湖」的文化內涵，但畢竟沒有剝奪莊子的知識產權，然而初版於一九三六年的《辭海》卻剝奪了莊子的知識產權。初版於二〇〇三年的《故訓匯纂》索性毀屍滅跡。由此可見，學術不是必然會進步的，在非常時期還會一瀉千里地退步。

「江湖地位」，顯然不是靠銜頭一大堆嚇唬人的，莊子於《逍遙遊》所提出的「大」，所云「積才積學積氣積勢」的厚積之道，更令像我這種愛「識小小扮代表」、「隨口噏當秘笈」者深思體味。

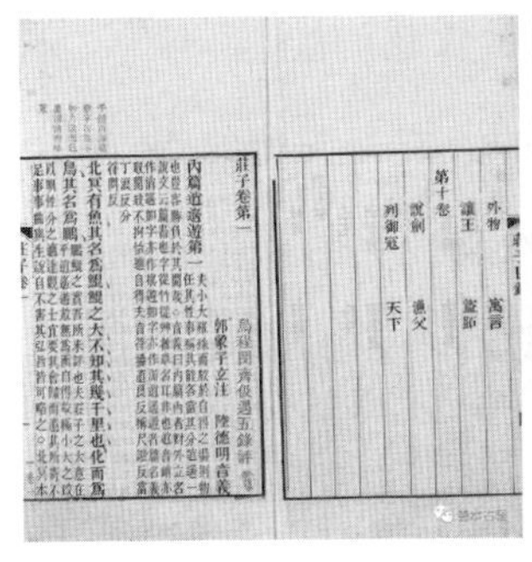

外物 寓言
讓王 盜跖
第十卷
說劍 漁父
列御寇 天下

莊子卷第一
郭象子玄注 陸德明音義
內篇逍遙遊第一
北冥有魚其名為鯤鯤之大不知其幾千里也化而為
鳥其名為鵬

1 古本《莊子》

2 張遠山的《文化的迷宮——後軸心時代的中國歷史探秘》謂：「江湖」的真正詞源出自始終不被儒家中國承認為正式經典的中國文化第一元典《莊子》。

3 莊子像

消愁解恨，到咖啡館去！

煙酒茶啡——文人墨客的四寶。隨便找一本談歐洲咖啡館的書一翻，準能飛出一大堆美麗的傳説、令人莞爾的歷史和賞心的掌故。

咖啡從伊斯蘭世界（一五五四年，君士坦丁堡——今之伊斯坦布爾，誕生全世界第一家咖啡廳）傳到歐洲後，不但創造了人文景觀，甚至啟發了革命。據辜振豐的《布爾喬亞——慾望與消費古典記憶》説：相傳亞美尼亞人帕斯卡爾（Pascal）於一六七二年在巴黎開設第一家咖啡廳，販賣黑咖啡，目的就是要重現土耳其的「咖啡之家」。當時，有位名叫普洛科普（Procope）的西西里移民在他旗下調製咖啡。一六八六年，普氏自行創業，開設普洛科普咖啡廳，不但成為法國大革命的溫床，而且是作家尋找靈感的最佳場所。

遙想當年，正是啟蒙時代的豔陽天；那些風雲人物一煙在手一杯在口高談自由闊論理性；口沫橫飛水花四濺之

時，正是氣吞萬里如虎，書生意氣，揮斥方遒。指點江山，激揚文字，又是何等架勢！法國啟蒙思想泰斗伏爾泰與《懺悔錄》作者盧梭，都是普洛科普咖啡廳的常客；他倆共同使用的一張桌子，至今仍完好無缺地擺設於內，成為咖啡廳的賣點。思想家孟德斯鳩在《波斯人信札》(Lettres Persanes)中，就曾透過波斯貴族郁斯貝克的信件推崇普洛科普咖啡廳。他說：人一喝了這家的咖啡，便會增長才智。

這孟德斯鳩不單是個思想家，看來更是個預言家。此話怎說？《時代周刊》最近有一篇文章提到咖啡與智商。作者指出關於咖啡因的作用，大部份的研究發現仍待進一步的實驗證實，但是咖啡因能夠提升腦力，這一點已是鐵證如山。美國陸軍環境醫學研究中心的哈利斯利伯曼認為「智能」是一種遺傳特質，是你體內一個永久的成份；咖啡因無法改變這個特質，然而，它可以提升你的心智表現。如果你有充分的休息，咖啡因會提升大腦的基本功能，例如讓你長時間持續專注在枯燥重複的工作上。最新的研究，更有不少出人意外的好消息：咖啡因不至危害健康，它的好處更是一大堆——可以預防肝病變、柏金遜症、糖尿病、膽結石、憂鬱症，甚至可預防某些癌症。

科學的分析是：咖啡因會和細胞表面原本要接受腺甘

酸（Adenosine）的受體結合，腺甘酸是一種神經導介質，會告訴腦細胞要停止活動。若然阻隔腺甘酸，就能趕走睡意。腦部活動量變高，神經系統於是處於高度戒備進而刺激腎上腺素分泌；咖啡因可以使人更專注，可能就是這個原因。此外，咖啡因只是單一化學物，而咖啡裡面含有幾十種物質；其中包括抗氧化劑，也許是咖啡可以對抗疾病的原因之一。像氯原酸（Chlorogenic acid）——可以延長腺甘酸在大腦中循環的時間；這可能會促進咖啡增加專注的功效而又不會造成脾氣暴躁。

當然，有煙啡之癖的，才不理你它會令人生癌還是不舉。一心寫「有種文章」的散文大家董橋接受訪問時說：寧可 cancer 也要抽煙；最擔心的便是禁煙，皆因空氣乾淨文化就墮落，美國就是個例子。水至清則無魚，空氣至淨則無文化！筆者縱寫不出大文章，無奈鍾情咖啡，只好高呼「合法上癮沉淪無罪」（至今似乎還沒有人要禁止咖啡飄溢的香味）！亦懶理多喝咖啡會否喪失性能力。一六七四年，即三百三十二年前，倫敦婦女不滿家中男人只顧泡咖啡館而不理她們芳心寂寞，於是群起埋怨並散發一份文辭坦率的宣傳小冊子《女人反對咖啡的請願書》，書中抱怨咖啡讓他們的丈夫變成沒有生育能力，很害怕過去那種非常活潑

有力的後代，如今會萎縮得像猴子或侏儒一樣。

咖啡竟如此這般的蒙上「莫須有」罪名。然她沉冤未雪卻依然迷惑倫敦的一眾男人；一位法國遊客在一六八三年描述，光在英國倫敦就約有三千家咖啡館，四年後另一位法國人發表的文章亦提到類似的數字，再其後一位英國作家列舉的數字亦大致如此。當年寂寞嘆三更的婦女依然幽幽的低迴：我等着你回來我等着你回來……

男人泡咖啡館有千百個借口。奧國詩人彼得 · 艾頓柏格（Peter Altenberg, 1859-1919）有好幾句經典的理由，也許，其中必有一句「啱聽」：

你有煩惱，不管是這個，是那個——到咖啡館去！

你因為某種理由感到迷惘——到咖啡館去！

你只賺四百克朗，卻花了五百克朗——到咖啡館去！

你覺得沒甚麼事能讓你覺得有趣——到咖啡館去！

你想自殺——到咖啡館去！

你恨人類，而且鄙視人類，但無法離群索居——到咖啡館去！

別人不願再借錢給你——到咖啡館去！

老天啊，天下還有甚麼地方比去咖啡館更容易減壓的？多點約朋友到大酒店嘆杯咖啡，則心中之「魔」可除！血中之「仇」可清！

據《環球時報》報道，上海人已愛上咖啡：目前有逾千家各類咖啡館；日式連鎖店真鍋咖啡有五十多家；如今最欠缺的便是專業咖啡師。看來我得趕緊去報名考個咖啡師牌，然後申請移民上海；想想一杯杯熱咖啡送到上海寶貝的紅唇時——噢！春天又怎會遲到？人間又怎會煩惱？

我的浪漫愛情觀

一個人浪漫與否，有沒有幽默感，我想與年齡無關。

老牛想吃嫩草與窮鬼想吃阿一鮑魚，道理是一樣的。當然，像我這樣的窮鬼，想吃一頓阿一鮑魚也不是妄想，譬如情人節時不送五千元兩打的變種玫瑰，省下來便可以獨自去吃一頓阿一鮑魚，這樣的饞嘴鬼，自然是不知浪漫為何的俗物！理應孤獨寂寞地過一生，半點怨不得人。

「假如你怕寂寞，不要結婚。」契訶夫如是說，可見夠膽結婚者都不是懦夫，更無懼寂寞。奧馬利則認為：人生三樁大事——出生、結婚、死亡——全無道理可言。猶太格言說：老夫少妻的結果是：男的變年輕了，女的卻變老了。若然老妻少夫，角色是否就逆轉？格言沒有提及，我也不想妄作解人。每個人都有一本姻緣簿，是否浪漫、寂寞過一生，那就要看你怎樣去記錄與演繹。

一生有過不少異國情緣的胡適，做學問之餘也不忘浪

漫開懷。一個懂得浪漫的人，多少總要有點幽默感；胡適最為人道的莫過於把傳統女性的「三從四德」改為現代版的「三從四得」，其揭櫫的七大條文如下：一、太太命令要服從；二、太太說話要跟從；三、太太說錯要盲從；四、太太買東西要捨得；五、太太的生日要記得、六、太太發脾氣要忍得；七、太太化妝出門要等得。

在那個禮教依然吃人的年代，一下子把「大男人主義」逆轉為「大女人主義」，怎不令數以千萬計的太太小姐們對他虔誠膜拜，三呼萬歲！這位新文學的大旗手，生前的「飲歌」必定是「微風吹動我的頭髮啊，教我如何不想她」！

至於民國初年的大學者梁啟超，姻緣簿上曾有着一段擦身而過的風流浪漫故事。他於光緒二十六年（一九〇〇年）寫給其妻蕙仙的信表白得很清楚。黃驗的《打開姻緣簿》記之詳矣：梁啟超二十八歲時在美國檀香山，遇上了一位二十歲的女子何蕙珍，「通西文，尤擅操西語，全檀埠男子無能及之者。學問見識皆甚好，善談國事，有丈夫氣。」有一次，梁啟超受何蕙珍之父邀請，在她家作客，即席對各國紳士仕女十多人演講，由何蕙珍同步口譯成英文。宴會結束後，她與梁啟超握手，十分仰慕地說：「我萬分敬愛梁先生，雖然可惜僅敬愛而已。今生或不能相遇，願期諸來生，

但得先生賜以小像，即遂心願。」如此大膽示愛，讓梁啟超當場不知所措。

梁啟超於告知妻子蕙仙的信中亦坦言有 Feel：余歸寓後，愈益思念蕙珍，由敬重之心，生出愛戀之念來，幾有不能自持。明知待人家閨秀，不應起如是念頭，然不能制也。酒闌人散，終夕不能寐，心頭小鹿，忽上忽落，自顧生平二十八年，未有如此可笑之事者。今已五更矣，起提筆詳記其事，以告我所愛之蕙仙，不知蕙仙聞此將笑我乎？抑惱我乎？當年二十八歲的梁啟超，理應血氣方剛，然卻可以如此止乎禮而不及於亂，其定力可謂驚人。吾友鍾博士認為飲冰室主人根本不知浪漫為何物；蘇博士則直斥梁啟超不解溫柔；我這不學無術的市井之徒則另有看法：蕙珍若是如章子怡、鞏俐或阿杜所介紹張藝謀新片《滿城盡帶黃金甲》的十七歲新秀李曼的天人之姿，梁先生會「失守」嗎？他不亮劍老來回憶時會自責會感到遺憾嗎？

一切都是假設卻頗堪笑談。行文至此，想起一個留學英國的女學生問村上春樹：如果青春有個年限的話我想知道那有效期限是到何時？二十歲、二十五歲、或是三十歲？還是一直到不再夢想的某一天？如果可以，請告訴我，青春的保存期限有多長？

村上答得妙而慧：我雖然已經五十幾歲了，但現在有時候還會感覺青春好像仍然繼續着似的——不是那麼常，只是偶爾還是有。那是在過去美好的時光栩栩如生地甦醒過來的時候，聽到優美音樂的時候，或做了某種以前沒做過的事情時。我想所謂青春，終究是新的震動方式的一種狀況吧。當然年紀增加之後，很多感覺都會變質，會失去新鮮感。受到感動的機會也會減少。不過只要努力，這種年輕時候的新鮮感覺，某種程度可能永遠繼續保持下去。

村上明顯是個積極的樂觀主義者。他要讀者盡可能用心多製造美好的回憶。青春的期限是由你自己決定的，並不像罐頭的賞味期限那樣，由客觀因素決定日期。否則人生便不會充滿趣味。

心境決定一個人是否覺得老，自己的愛情是否浪漫常青，很大程度也是掌握在自己手中。人生苦短，真的值得你去愛的又會有幾多個？肯與你共賞夕陽情的女人又有幾人？太多會令你吃不消。村上的一個短篇小說認為三個已差不多，讀者諸君你們怎麼看？

老朽若然也有幸活到八十二歲，再有一個二十八歲的紅顏知己肯與我十指緊扣，天殺的！老天也真有眼，在晚來天欲雪的時刻，有暗香盈袖、燈下伴讀，浴罷睡前嫣然

一笑低聲問：相公，還要不要一杯珍藏紅酒？如此氛圍哪理得夜晚詭秘欲尿是否像漏斗滴濕鞋！只羨鴛鴦不羨仙，老朽樂在其中，穿梭柔情蜜意，逍遙軟玉溫香，哪來閒情餘興與你說三道四，欲辯已忘言；浪漫的愛情與婚姻，從來都不會是平路的。小親親，老夫今夜思潮澎湃熱血沸騰不想看《霍元甲》卻忙着為你寫一首情詩呢！在你二十九歲生辰時，伴着紅玫瑰綠寶石——當然還有我的熱吻送給你！Come on music！就來一首〈一念之間〉的探戈，阿爾柏仙奴（Al Pacino）在《女人香》的身手算老幾？

「假如你怕寂寞，不要結婚。」契訶夫如是說

大學者梁啟超也有心動的時候

春暖花開說愛情

英國桂冠詩人班・莊遜（Ben Johnson, 1567-1637）有一首著名的情詩〈給西麗雅〉（*To Celia*），台灣前清華大學校長劉炯朗的翻譯，不但顧及押韻，且略加想像，意境更動人，從中偷師，不難寫出一、兩首動人的情詩。且看他的譯文：

用妳的眼波邀我共醉，／我將凝眸相隨。／留一個吻，／在琥珀杯中，／我不再呼酒，／卻已醉意朦朧。／心苗待滋潤，／靈犀已暗通，／讓我捨卻瓊漿仙釀，／共妳淺酌情濃。／我曾託寄一個玫瑰花環，／帶給妳殷勤的探望，／更願花不凋零，／長伴美酒盈眶，／妳把輕吻過的花兒，回送到我身旁，／但是／教我陶醉的是你，／而不是玫瑰底芬芳。

愛情的最大障礙，便是愛在心裡口難言。於是，情詩遂生焉！讀黃驗的《打開姻緣簿》(遠流出版) 有這樣的一則故事：美好的姻緣，藏在詩詞裡，藏在三言兩語中，藏在想像不到的角落。唐玄宗命宮女裁製軍衣，分賜邊塞軍卒。有一士兵於短袍中得詩一首，云：

沙場征戍客，寒夜苦為眠！
戰袍經手作，知落阿誰邊？
蓄意多添線，含情更着綿。
今生已過也，結取後身緣。

這顯然是一首情詩，不僅深情款款，還要結緣來世。士兵讀得惶恐不安，這可是殺頭之罪！於是趕緊上報；主帥也不敢隱瞞，直奏朝廷。

唐玄宗見詩寫得不錯，以詩遍示六宮，說：「是誰作的，不必隱瞞，朕不加罪。」有一位宮女出來承認，自言罪該萬死。玄宗起了憐憫之心，不僅沒有怪罪，還降旨將她許配給那位得詩的士兵。及嫁，宮女十分感動，對士兵說：「我與你結取今生緣！」邊塞的士兵們都為之動容。(《太平廣記》) 引自《本事詩》)

面對愛情，無論古代還是當今，女人——都要比男人勇敢及堅強。不是嗎？二○○五年的中國情愛生態中，最成功的網戀是一個深圳的打工妹通過網戀成功嫁給波蘭總統候選人。自從兩年前網上有好事者公布過北京高校的「處女排行榜」，坊間便流傳着「找處女要到幼兒園」的笑談。為此，三個大學女生向國家民政部提交申請，希望成立一個公益性組織中華青春無瑕女大學生互助協會，並率數百女大學生網上簽名拒婚前性行為！

此舉堪稱二○○五年最悲壯、最令人動容的宣言！

《新周刊》的一輯「保衛愛情」，在潮濕的二月天，看得人格外春暖花痴。侯虹斌、魚非的〈二○○五中國情愛報告〉最觸動我的心事。文章說：

> 王菲嫁給李亞鵬，最傷心的人是我，以及和我一樣的歌迷。為了這個臘腸一樣的男人，她要無限期地休息下去了，讓整個華語流行樂壇留下了巨大的空洞，僅僅靠容祖兒的慘情歌和 Twins 們的芭樂歌來湊數，這確實是一個噩耗。而且王菲放棄整個世界換來的郎君大家都不喜歡。但是，她的確看起來是快樂的，即使已經三十六歲了，她還能敢愛敢恨，「雖千萬人，吾往

> 矣」，請相信，那是愛情。……王菲不僅洗手做羹湯，而且還勇於做高齡產婦，豪擲一千八百萬人民幣，專心為二〇〇六年五月迎接小寶寶來臨而細心設計安樂窩。

我對李亞鵬絕無偏見，也不會因為他有個「鵬」字便給他同情分。從他的身上，可以見證再強的女人也能追到手，再傻的男人也有人會愛。邊個話我傻？我請佢飲囍酒，哈哈，李亞鵬——一個讓男人欣賞與鼓舞的名字！（我正考慮以「施亞鵬」發表這篇文章，雙拳擂着大地，追問：我的王菲在哪裡？）

另一個情牽香港男人心的——是誰？當然是「渾身上下都流着愛的血液」的張柏芝。文章說：二〇〇五年在一個內地電視台的訪談裡，看到張柏芝面帶微笑，用蹩腳的國語說：「我渾身上下都流着愛的血液。如果不是觀眾對我的支持的話，我早就不活在世界上了。」

作者說他一點也不想笑話她。這個年輕美麗的女孩，雖然剛被《無極》的無厘頭糟蹋了她的美貌和演技，可是，我仍然相信柏芝演傾城就是演她自己：一個渾身流淌着愛的血液的人，她被命運施了咒永遠得不到真愛，於是，她的一切行為看來就像個不可理喻的蕩婦。她把自己的生活演

成了戲，人生徹底 ruin 掉了。二〇〇五年，她火速和一個平庸的荷蘭男人拍拖，半年後分手，從暴飲暴食、心寬體胖回到暴瘦。愛情又從她身上離開了。看過香港傳媒對張柏芝與謝霆鋒的冷酷、殘忍、涼薄、無情，不可想像還有人會願意當明星。

愛得勇敢似乎也保衛不了愛情。八卦娛樂雜誌的冷漠語言，有時對當事的藝人，尤其早成名的，讀來卻有痛入骨髓的憂傷，網上曾有過一組照片，都是藝人在忘情流淚的，其中一張是三年前，頂包案過後的謝霆鋒四處被狗仔隊追趕，王菲趴在車內的方向盤上失聲痛哭，哽咽着：他極可憐，他極可憐……

少年成名，為何就要付出這代價？

張柏芝的美，是教男人上眼及上心的。日本漫畫家柴門文（《東京愛情故事》的作者）如此形容男女看待愛情的區別：戀愛之於男人，就像在空蕩蕩的心房裡掛畫；面對女人，卻像聆聽音樂——一間房間可能同時點綴好幾幅畫，但卻只能容許一首旋律流轉。我誠心希望她渾身上下流着愛的血液，趕快奔向大海並匯聚成蕩氣迴腸的主旋律！

當春暖花開，黎明乍現，你踏踏的馬蹄，是歸客不是雀屎——而開在季節的容顏，不再有一臉的無奈！

新聞．小說．現實
——一則「社會新聞」的浮想

一個救護員涉嫌為謀百萬保險殺妻，原是一則普通不過的「社會」新聞；然而，有報章把案中「被告給情婦的信」擺放在頭版醒目的位置，旁為被告案發當日（〇三年九月三十日）到醫院處理亡妻的後事的資料照片。

如此巧妙編排，使整段新聞變得弔詭引人。平時寧靜的教員室忽地沸騰了起來，鄭主任正以其低沉的磁性男音朗讀這封信，眾人起哄圍了上來。教音樂的李老師喟然嘆曰：直情係翻生徐志摩！胡蘭成的文筆亦不過如此矣！文學修養極佳的美少女陳老師附和：的確唔錯！睇張相其貌都不差啊！入世夠深的冷面笑匠楊主任只輕喟：男人心，海底針！血性的大鬍子洪老師大吼：男人果然都是野獸！圖書館主任夏老師插嘴：男人變酸了就要倒掉，否則養虎為患後果堪虞！有婚姻恐懼症的老馮陰陰笑：日防夜防，

賤男難防！嫁得如意郎君的元元一臉疑惑：難道言情的年代早已遠去，我要保衛愛情！張主任笑道：法律只保護婚姻，卻不能保護愛情！

真是失敬，原來平時只顧循循善誘的執鞭之士，亦多是婚姻、愛情問題的專家。我則從這頭條新聞的處理手法，想到一篇小說該如何開頭或用甚麼敘述觀點才引人入勝。

近讀陳應松的〈馬嘶嶺血案〉（收於《二○○四年最佳小說選》，北京大學出版社），小說的開頭疑雲陣陣：

> 我就要死了，腦殼癟癟的，像一個從石頭縫裡摳出來的紅薯。頭上現在我連摸也不敢摸，九財叔那一斧頭下去我就這個樣子了。當梨樹坪的兩個老倌子把我從河裡拉起來時，說這是個人嗎？這還是個人嗎？可我還活着，我醒過來指着挑着擔子往山上跑的九財叔說：「他、他要搶我的東西！」我是指我們殺了七個人後搶來的財物，又給九財叔一個人搶走了。醫生在給我撬起凹進去的顱骨時說：「撬過來了反正還是得崩。」……九財叔砸我，我砸了別人，別人都死了，我卻活着。

王曉明於二○○六年一月的《讀書》分析得精彩細膩，

直探文本的肌理組織，令讀者如在顯微鏡下細察細胞的分裂。王曉明說：聰明的小說家早就知道，如今的讀者大多神經粗糙、缺乏耐心，要讓他們靜下心來讀自己的小說，小說的開頭就一定得「好看」。甚麼最「好看」呢？自然是「血」和「性」，於是陳應松以「血案」標題，以「殺」字開篇，不但寫「殺」的器具（「一斧頭下去……」），還細描「殺」的後果（「凹進去的顱骨……」），不但九財叔殺我，我還和九財叔一起殺了七個人！好傢伙，的確夠刺激的。但是，我說小說的頭開得好，並非指這血光一片。

王曉明指出開篇的一小段，已嵌着整篇小說故事梗概，無非是個謀財害命的故事：先是兩個農民合伙殺了七個人，然後兩人中的長者又砍了年輕的，年輕的被救了，年長的也逃不脫，於是雙雙入獄，被判死刑。除了交待故事梗概，這一百七十個字還告訴了讀者是誰——以及他怎樣——在講這個故事：是那個年輕的殺人者，養好了傷，在監獄裡，用一副土氣的語言在回憶。

聰明的讀者也許已起疑竇：這不是犯了快餐文化時代寫小說的大忌，一開頭就把故事的結尾都說出來，誰還有興趣讀下去？王曉明認為陳應松顯然對讀者有一份信任，雖然是用血淋淋的標題吸引讀者，他卻相信，他們除了「好

看」的情節，還要看別的東西：細節、人物、心理、情緒，甚至思想……他顯然也相信，他的小說正可以提供這些內容。就是這一份對人對己的信心，讓我覺得好。

小說作者善於利用馬嘶嶺上的植物、河水和天氣，配合着不斷變化去營造氣氛，去製造人物之間的誤解，筆法自然平實卻令馬嘶嶺的集體殺人事件益發叫人戰慄！

說到底，文字的功力還是居首位。文首提到的那則「布局殺妻謀騙保金娶情婦」的頭條，沒有那篇文情並茂、以退為進的情書，整件案發過程便不會引起平時不大討論時事的教師們，那樣好奇的七嘴八舌。

這封情信太引人遐想，為何他再三叮囑女友「不要吸煙、飲酒及濫交」，這令他變「大傻瓜」的情婦是個怎樣的女子？他這樣「愛屋及烏」的鐵漢柔情：要與情婦盡孝道，照顧其老爸和老媽終老……卻如此喪心病狂？他為何「絕筆於冬天」又冀望愛火花重燃於春季？（「希望來生有機會再與妳一起，天長地久，此心不渝！」）

小說與現實人生，看來都撲朔迷離。

一九五二年的諾貝爾文學獎得主莫瑞亞克（François Mauriac），四十七歲時寫過一本小說《蛇結》。劉森堯對這

篇小說大加禮讚，除了小說獨樹一幟的第二人稱敘述觀點，還有其主題、敘述風格無不展現一種高度的藝術精緻格調，所流露的情感又纖細到無以復加的地步，這本小說使劉森堯着迷，他到處搜尋莫瑞亞克的其餘作品，可惜一本一本的讓他失望，無論是中文譯本的《愛之荒漠》、《黑天使》還是法文原本，都令他不忍卒讀。

可見一個作家，一生只要有一部小說令人懷念亦可以不朽，劉森堯形容《蛇結》的第一句話就像磁鐵一般緊緊把他吸引住，而且還是第二個人稱寫法，那種吸引力毋寧是雙重的：「當你在我的保險箱裡頭，在一包有價證券上發現這封信時，你會很吃驚。我本來應該把這封信先交給律師，等我死後再交到你手上，或是鎖到我書桌的抽屜裡，在我的屍骨變寒之前，讓孩子們去搶着拿出來。但是，我急於讓你知道，這封信在我心中醞釀了有多久，五十年來，在多少個失眠不寐的晚上，我心中是如何不停在策劃寫這封信。除了藉以對你施展報復之外，別無其他……」

寫給髮妻的信竟比寫給殺父仇人的信更陰冷，讀者不難想像這場維持五十年的婚姻肯定破綻百出，否則主角為何要處心積慮、暗地策劃五十年報復大計？

劉森堯說：一對夫妻可以共眠五十年，要報復對方甚

麼呢？想來的確教人吃驚納悶。接下來兩百頁篇幅，像一封文情並茂的長信，莫瑞亞克用一種冷靜而不疾不徐的筆調描繪出主角在五十年婚姻中的種種不滿，而在實際生活中倒是從未表現出這些，這難道不正是一篇婚姻心理學的至佳告白嗎？特別是用第二人稱寫出來，則更顯現其不同凡響的震撼力量。

我有個教師朋友，在廣發喜帖、訂好酒席後，男方才對女方說另有新歡。婚結不成，女方大受刺激，起初大家都痛罵男方涼薄無血性，如今細想起來，男方卻是真漢子！試想想：要是他婚後才告訴你真實版本，或依然一年一度一相逢的偷會情人，或婚後若干年，當你們有了愛情結晶品——一對天真活潑的小寶貝時，在一個月光圓亮的晚上，本應商討如何考進那眾多家長夢寐以求的名幼稚園，他卻在枕邊以無奈的語調告訴你：我心目中有另一座斷背山或太平山時，老天，試問二十年的美好姻緣，如何抵擋得住這剎那的霹靂？

愛情不堪一擊。美籍心理專家、美國西北大學教授黃維仁說：結婚是錯誤，生子是失誤，離婚是覺悟，再婚是執迷不悟，再離是大徹大悟。吾撫鬚欣然會意。

新聞．小說．現實。三者交織聯想。一見鍾情，我信。

一世傾情，我開始懷疑。情人節後，復活節前，祝天下有情人無情人，單拖雙飛者都好運！

一九五二年諾貝爾文學獎得主莫瑞亞克

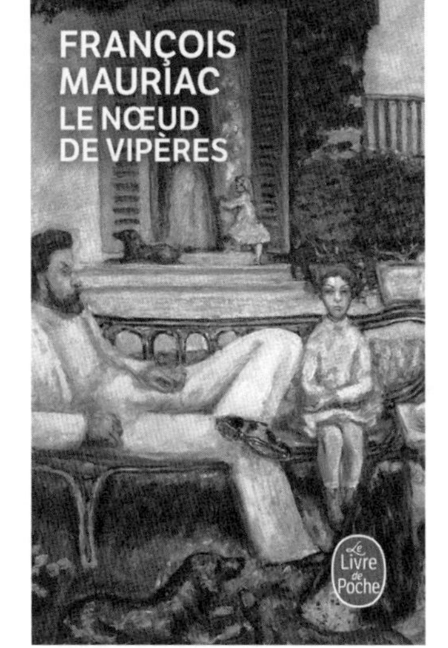

莫瑞亞克《蛇結》法文版書影

故事變局說弔詭

讀《聯合副刊》，見亮軒的散文〈六種約會的結局一下下就好〉，深感作者的睿智。

故事原本十分簡單。說一男一女看完電影，出來之後，經過百貨公司，可以看得到一樓的化妝品賣場。女生在百貨公司面前對男生說要去買一枝口紅，只要一下下，問男生要不要等她。

男生以為真的「一下下」，那等等也無所謂，他可以在百貨公司的書店一邊看書一邊等，時光也就不難打發——也只不過是買一枝口紅而已！

亮軒馳騁文思，娓娓的道出六個結局。這六個結局均圍繞買一枝口紅而延伸發展。

有一個是女生買口紅，又買了許多別的，又讓專櫃小姐給化了濃妝。男生等得不耐煩，於是彼此在言語上有衝突：

「我也不是故意的，誰知道他們會那麼久？」

「你不知道，那幹嘛偏要説一下下？」

「我真的以為嘛，又沒有要騙你。」

「你莫名其妙！」

「早就跟你説你可以先走，不用等我。」

「你説一下下，我當然就無所謂了。」

「就怕你等得不耐煩，才要你去書店啊。」

「我去書店跟你超鐘點有甚麼關係？」

「喂！你這個人講不講道理？」

「是誰不講道理啊？你才不講道理！」

「你不講道理！」

「你不講道理！」

「你才不講道理！」

後來女生就哭了，忿忿的逕自叫了計程車離去。

另一個結局是這樣的：

「我想去買一個口紅，只要一下下，你要不要等我？」

「隨便你要買多久，我都等。我就在你旁邊等，可以嗎？」

「可是我怕你無聊哩？」

「跟你，怎麼會？」

男生就在她的身邊安安靜靜的等着她買這買那又化妝的等了一個多小時，臉上一點不悅之色都沒有，又鼓勵她多挑了些，還為她付了賬，他們的晚餐是在百貨公司旁邊一家五星級飯店用的，桌上點了蠟燭，很有水準的鋼琴伴奏，他們一直慢慢的享受到了快打烊才起身。

那一夜，女生沒有回家，而且跟這個男生，還是第一次約會。

我把以上的故事撮寫了 E-mail 給我的兒子與女兒，他們都到了談情説愛的騷動年齡。傳給女兒，我這老爸是教她如何尋覓如意郎君。傳給兒子，我是要他明白「追女之道」，戒之在躁！溫柔與耐性最是無敵！當然，故事的背後還是有「深層意義」的。

我們處理一件事情，不同的手法會衍生不同的變局。前一秒與後一秒可以完全改變你一生。

命運有時很玄。且讓我也學亮軒説説故事。

有一趟，我與朋友在大坑道浣紗街的炳記大排檔喝下午茶。街口停了一架 BMW 的七人車。恰巧另一架私家車經過要右轉，BMW 橫泊在路中心，只有一丁點的空隙，私家車的司機探頭出來：「老友，請向前駛過一點點，過唔到啊！」

BMW 上的大漢怒目一視：「幾十架車都係咁過，咁屎，唔好學人揸車啦！」

看官，若然我是個小說家，憑這兩句對話，大概也不難寫出六個結局的極短篇。

當然，第一個較佳的結局是 BMW 的大漢嘮叨了幾句，向前駛過一點點，私家車安然右轉，大家平和收場。

第二個是私家車司機硬闖過去，撞花了 BMW，雙方互罵，恰巧交通警員經過，大家以正常程序處理賠償，結局依然擦不出火花。

第三個結局是私家車司機不忿被揶揄，下車理論，初則口角繼而動武，彼此受傷送院。

第四個結局是：私家車司機急着會女友，「骨」一聲忍了啖氣，掉頭走人。BMW 大漢在高速公路上撞石壆失事死亡，私家車司機翌日閱報得悉，內心暗嘆：惡人自有天收！

第五個結局是：BMW 怒漢因這場爭執延誤了去機場，當天去不成美國探親；傍晚看電視的特別報道，得悉飛機一小時後不知何故解體墜毀，機上乘客料全部罹難！怒漢頓悟：原來私家車上那傢伙是他的前世恩人、再生父母！

第六個結局……留給讀者想像好了，哈，這年頭時興互動嘛！我們一生，惡運與好運隨時擦身而過。處理得宜，幸福一生。處理失當，痛苦一世。

回首前塵往事，不禁失聲：好險也！

那一趟，要是一拳打暈了那混帳的校長，今天我還能在教改的重重圍困下，盡顯霍元甲「不是東亞病夫」的精神，繼續春風化雨嗎？

那一趟，要是借酒亂性，自己會變成賈寶玉還是西門慶？

那一趟，一念之仁……

那一趟，一念之差……

生命有太多弔詭，又豈是風水佬相士唸唸有詞可以猜中批算的？我們都希望生命中有一個美好的結局，向那個第一次就俘虜了女生的男生好好學習吧！三分耐性加七分體貼就可以改變一個不愉快的局面，何樂而不為！

過年的心情

唸過小學初中的總難逃過作文課的〈新年願望〉。當年，我最愛唸王安石的新年詩：「爆竹聲中一歲除，春風送暖入屠蘇。千門萬戶曈曈日，總把新桃換舊符。」拋過「書包」，於是馳騁文思。甚麼新年新希望，過去的讓它隨風而逝，春回大地，一切充滿新氣象新希望，所謂「物以終為始，人從故得新」……再加上一點對過去的緬懷，對未來的展望，我的「新年宏圖」都會得到國文老師的謬讚。

事實上，年輕時我最怕過年。主因是母親早逝，父親又遠在菲律賓謀生，小六打後的日子，我一個人在香港，那種苦悶與孤寂，雖不至愴然而涕下，可是眼見鄰居或同座的鄉親在忙着大掃除，刷新牆壁，為小朋友添新衣新鞋，理髮沐浴，「女兒要花，小子要炮」，而自己只能躲在中間房，自顧自的睡懶覺看閒書，這其實都是被迫的，一種無奈的逃避，而我的「閱讀」興趣就是如此培養起來的，寂寞才讀

書，哪有甚麼誘因，獎勵！

如今一把年紀，過年的心情比年輕時更形複雜。陸放翁〈辛酉冬至〉有句云：「家貧輕過節，身老怯增年。」白居易的〈除夜〉則云：「病眼少眠非守歲，老心多感又臨春。火銷燈盡天明後，便是平頭六十人。」

一年將盡，歲暮多思，亦人之常情。詩人對生命流逝的感慨，顯然少了幾分恬然自得。「家貧」、「身老」、「病眼」、「少眠」、「老心」、「多感」，新歲特別惹愁緒，那是可以理解的。

再說，若是一個人在旅途上，那時交通不便又沒有甚麼夜生活，寂寞羈旅，難怪詩人感詠：「旅館寒燈獨不眠，客心何事轉淒然。故鄉今夜思千里，愁鬢明朝又一年。」

遠居異地的父親，生前最愛戴叔倫那首〈除夜宿石頭驛〉：

旅館誰相問，寒燈獨可親。

一年將盡夜，萬里未歸人。

寥落悲前事，支離笑此身。

愁顏與衰鬢，明日又逢春。

父親少小離開福建家鄉，他雖沒進過正規學堂，「之乎者也」全憑刻苦自修，古文詩詞倒背如流好幾十首，當年母親病故，他的感傷我是後來才領略得到的。

偶爾在家書中，我亦會提到一些自己唸過的古詩文，有一趟我讀施蟄存的《唐詩百話》，其中一段提到這首唐五律名詩，其所以著名，完全是頷聯「一年將盡夜，萬里未歸人」。不過，這兩句詩不是戴叔倫的創作成果，而是他偷得來的，早在他二百年前，梁武帝蕭衍有一首〈冬歌〉：

一年漏將盡，萬里人未歸。
君志固有在，妾軀乃無依。

王維〈送丘為下等歸江東〉詩曰：「五湖三畝宅，萬里一歸人。」戴叔倫改了一個字，換了兩句的結構，強調了「夜」和「人」，把他放在自己的詩中，就此成了警句。

我便把以上這段「讀詩隨筆」抄在信上，寄給遠在馬尼拉的老爸，他看後回信說我讀書勤奮細心，新春時特地多匯寄伍百大元作為對我的獎勵！那是我至今收到的最高「稿酬」！

「文藝青年」抬頭的那個年代，我最愛看《中國學生周

報》，一九七二年也斯發表過一首〈除夕〉，至今讀起來，依然親切：

他們拿走了燭燈和瓶花／咖啡店關門了／路上還有許多行人／燈火仍亮而黎明未來／我們將要繼續徘徊嗎／談到遠人和詩／盡讓此刻的一個煙圈／在空中久留一會不散／而霏霏細雨下／且以圍巾兜過脖子／留取風前的暖意／趁樹未像人一般散去／人未像樹一般呆立／真高興這節日一個藉口／讓人們扛着一株花樹走路／而不會覺得是一件傻事。

至今逛維園花市，每次扛一株桃花回家，我都會想起也斯這首明白如話而感情充沛的好詩，尤其最後那兩句！城市「文明人」過年，失落的樂趣無疑更多了，如果連一件半件「傻事」也不做，過年確實太無趣了。想想我們不見了年畫，不見了窗花，不見了街頭的猴戲、木偶戲、不見了遠近的爆竹……

讀前輩文章，惆悵更甚。新鳳霞於〈節日的吃〉一文說：那時在天津過新年，初一餃子，初二麵，初三合子團圓轉，初四大米飯，初五要包餃子吃素餡，初六初七要吃雞，

初八吃魚，初九炖大肉，初十吃頓棒子粥，十一吃雞鴨，十二吃對蝦，十三十四吃打鹵麵，十五花燈好熱鬧，家家戶戶都要吃元宵，正月打春天要吃春餅卷雞蛋。……那個社會氣人有笑人無。唐魯孫的一系列談吃的作品，最近由廣西師範大學出版社重印，其中有好幾篇談春節的吃，特別過癮，如〈北平吃餃子幾樣年菜〉，有：炒鹹什、酥魚、燒素雞、蝦米醬、炸雞炒醬瓜絲。此外，又介紹春節幾樣待客的菜點，都令人垂涎。那時的人，怎麼都不怕一個春節便胖得毀了一生？

唐魯孫談起北京的故鄉年俗，可熱鬧極了：當年在故都過年，是一件重大的事情，一進臘月門，大家就忙活起來了。北平有一首民謠：「送信的臘八粥，要命的關東糖，救命的煮餑餑。」就是說，一吃臘月初八熬的粥，就告訴你年盡歲逼啦。臘月二十三祭灶王，吃了關東糖，賬單子就陸續而來，您準備還賬吧。……

都說年關難過，古今一也。筆者每年初三例牌跟四叔入沙田馬場趁熱鬧，最大願望當然是贏一筆橫財。然多年來總事與願違，今年人日恐怕也要到黃大仙祠求枝靈籤。朋友見我財迷心竅，老眼昏花依然不懂腳踏實地，不禁抄歌謠一首贈慶：

只為人人想發財，山堆元寶笑開懷；

剛從紙店運出去，又被財迷取進來。

明知沒有不勞而獲的命，人窮志短，今個春節，一於開賭，買定離手啦喂……

近年內地重新出版的唐魯孫作品

慾望如梅花　愈冷愈開放

愛情浪漫小說與各式各樣的食譜，據說雄霸世界最暢銷的書。

我從來不懷疑以上的論調。情色與飲食，向來緊密聯繫。王文華於〈維多利亞的秘密〉這個短篇小說有這麼一段：她坐下，把高跟鞋咬在嘴中，回想新婚時他喜歡趁她早晨穿戴整齊、去衣櫥內彎腰選高跟鞋時，出奇不意地從背後攻擊她。他手上甚至還拿着那杯沒有喝完的柳橙汁，不時刻意地灑在她身體上，「我喜歡喝柳橙汁。」他舔着她的身體說。……

柳橙汁成了「色」之媒、「慾」之介。

文化大革命時期，人們能夠讀得到的書極少。戴思杰的小說（後拍成電影）《巴爾扎克與小裁縫師》就是以文革時代為背景，故事裡的知青只能偷偷看西洋名著如巴爾扎克的小說。

紀大偉說當年沒有影印機，如果看到心愛的書，而且還是禁書，想要留一份珍藏或是轉送友人流傳，就只好偷抄，抄完了還要偷藏，免得被抓。《巴爾扎克與小裁縫師》裡抄寫歐洲大師的方式如同僧侶抄經書，看起來有點太戲劇化了，不過已有學者指出，當時民眾的確熱衷偷看，偷抄文學——這種地下書刊，叫做「手抄本」。

你看，人的慾望像一團火，愈是壓抑燒得愈旺。

紀大偉指出：研究稱手抄本都不長，一本才幾十頁，方便傳抄方便私藏。若過長，就要分好幾冊，由多人分頭抄寫。手抄本的內容千奇百怪——反正上不了桌面的，全都轉進手抄本：類型包括武俠小說（我們現在習見的武俠小說，當時是禁書），政治人物秘史，外國名著如大仲馬以及色情小說等。

在那個禁慾的時代，色情小說可能是最風行的；其中《少女之心》的小說甚至被認為傳遍全中國，人人都偷看過。

紀大偉說，《少女之心》直至二〇〇四年才在中國出版，且依然引起爭議，讀者若有興趣，不妨上網找來看看。小說以少女曼娜為主角，大量描繪她與兩位英偉男孩的超人性交行為。大膽挑撥，使人懷疑小說不大像是文革時期的手筆，反而肖似當今的黃色書刊。既然手抄本是一傳十，

十傳百地抄寫，必然會出現錯字，亂改亂加情節，抄到最後，有可能面目全非，以訛傳訛，以訛傳象。

我認同紀大偉的推論：《少女之心》絕對是被後人添油加醋的雜種產物。小說裡，男人突然一時興起，欲對女主角施行肛交，卻又發現「肛交太臭」，於是只好放棄——這段奇怪的肛交插曲，與前後文並沒有合乎邏輯的關係，真不知是何方神聖亂插進去的。原作者（如果真有此人）不大可能在忙不過來的男女交歡之中，突然放棄女主角的下體，改而留意她的肛門，然後又放棄！紀大偉猜測那是在傳抄過程中，好事之徒（可能是對肛交有興趣的人）便亂插了幾句，就像在公園樹幹上刻下「小白到此一遊」一樣。

慾望啊，像梅花一樣，愈冷它愈開花。

人的慾望，多不會如紅杏枝頭春意鬧的喧嘩，多是如梅花——愈冷它愈開花，我喜歡這個譬喻。紀蔚然的《終於直起來》（印刻文學）內收〈私奔的名單〉，一開頭文章說他曾經問過老婆：有沒有幻想過跟別人在一起？他的老婆沉吟了半晌才吐出「從未」；被她反問時，紀蔚然則不假思索就回答「常常」。他老婆批評他很可怕，紀蔚然則嘲笑她不正常，並喟然以嘆自己太老實，老婆在撒謊。

作為男人，或者說作為一個正常的男人，恐怕都會贊

同他所提出的「私奔的名單」；當然，要是你能把「愛」等於「苯基乙胺」加「多巴胺」加「去甲腎上腺素」加「內啡肽」的「愛情密碼」改掉，如此這般使貓兒不愛腥狗兒不愛骨頭老鼠不愛大米，那又當別計！

男人表面多偽裝成岳不群，見到性感的女人，口頭嚷：妖精騷貨！內心卻想：要是能讓我上一趟，折壽十年也值得！蘋果電腦的行政總裁 Steve Jobs 有名訓：人性充滿意外，沒有點，不成線，最亂的點，最終可能變成最直的線，向天空亂拋黑點，是做人的美德。

男人內心的蠢蠢欲動，說穿了——都有這種「美德」。筆者的中年，不像董橋先生所說的如下午茶！人到中年，竟還有一串如鐵軌一樣長的「私奔的名單」！那比老房子失火更令人難堪吧？

慾望啊！像梅花一樣，愈冷它愈開放——

沈宏非介紹彼德．梅爾一部寫法國美食的著作，如此形容他在美味中喪失童貞：「第一口咬在法國麵包和法國黃油上，我那還在沉睡中的味蕾突然甦醒了，一陣痙攣……我失去了我的童貞，那種對美食一無所知的童貞。」沈宏非說用我們中國人的話來說，這叫「飽食終日，常懷赤子之心」。聽這個懷着「飲食原罪感」的英國人將其「喪失童貞」

之全過程娓娓道來……「一陣痙攣」緊接着「一陣痙攣」，這一回，怕是想不搞大了也難。

彼德．梅爾的山居歲月風流快樂，與世無爭。他對於飲食一道早已修成正果，似乎愈活愈年輕，時光倒流，令人欣羨！施某雖於亂世求生，紅塵滾滾，「私奔的名單」常在夢裡亂竄，嘿嘿，看來歲月傾斜，卻無法倒轉我沸騰熱愛人世間的一顆心！

慾望既如梅花，老來若能在美味中再一次喪失童貞，也就不枉來到人間瀟灑走一回。

挖鼻史的隨想
——並寄語當年車廂挖鼻的大佬

十二月是個多風的季節，乍暖還寒，倏冷忽熱，於是鼻敏感發作，一天擤掉三十包紙巾，鼻子紅了一片，鼻涕鼻垢挖了還滿，腦昏昏沉沉，懨懨欲死，沒精打彩，給折騰得不想做任何事……

懶洋洋的躺在床上，忽地想起先前在二樓書店隨意撿的《挖鼻史》(*Nosepicking for Pleasure*)，作者羅蘭．胡彈 (*Roland Flicket*) 十足是個妙人，此公今年七十一歲，是舉世公認的摳鼻權威。他於聖鼻毛大學研讀醫學，完成學業後遷至洛杉磯，對挖鼻者作詳盡研究，發展《濾泡與黏液》(*Follicle and Phlegm*) 此本劃時代的鉅著，讓名不見傳的鼻毛首次榮登鼻科學的大雅之堂。一九七六年推出《鼻橋遺恨》(*A Bridge Too Far*) 經典名作。一九七九年，在英國著名醫學期刊《刺胳針》(*Lancet*) 上發表〈棉花球——何去何

從？〉，這使胡彈聲名大噪。一九八九年，他出版了《滴、擤、舔》（*Drip, Tip and Lip*）擤鼻三部曲，名揚國際。

胡彈這本《挖鼻史》使我眼界大開，對「挖鼻屎」有了重新的體會，尤其「挖鼻必殺技」以及「挖鼻答客問：解惑篇」，讀之使人噴飯。胡彈語不驚人死不休，目前赴牛津銅鼻學院擔任客座學者，他憑着多年來的鑽研，提供讀者挖鼻的訣竅，追蹤報道各種挖、掏、彈、拋的流派技巧，旁及挖鼻的野史、美術作品、星座名相、挖鼻之歌，如此鍾情於挖鼻而不悔，難怪他的兒子，據説亦是挖鼻同好，如此父子情，恐亦世間少有。

胡彈的奇書引述了一段歷史：一○六六年著名的哈斯丁戰役結束，熱愛挖鼻的哈洛德國王（King Harold），在他所統治的威塞克斯和穆西亞大力鼓吹這個習慣，不幸的是，這卻是他戰敗的原因。大戰方酣，他正馳騁在戰場上指揮軍隊時，卻因鼻內有一大塊鼻垢而坐立難安，對手諾曼人的弓箭手趁虛而入，射個正着。此情此景被織入「拜約掛毯」（繡有一○六六年諾曼征服英國的景象，英王哈洛德向諾曼第的威廉公爵宣誓效忠）的圖案之中。

因一塊鼻屎而喪國，認真夠悲壯！諾曼第的威廉公爵僥倖得天下，有感於挖鼻屎的威力，於是下令禁止人民公

開挖鼻，並且嚴格執行，凡違者皆處以極刑，一斧斃命，絕不手軟！同時，為避免士兵在待戰的片刻禁不住誘惑，把手伸進鼻孔，因此發明了「鎖指甲手套」，此條所謂「挖鼻禁令」(Decree Nosi)，對未來六百年有深遠的影響，是英倫三島挖鼻活動遠遠落後其他國家的主因。這條法規也讓這位諾曼人君主獲得「鼻王威廉」的綽號，歷史學者公認，這是未來幾世紀法國軍隊戰無不克，無堅不摧的關鍵。歷史幾趣都有！

「鼻屎」的威力認真不可兒嬉！如今，我們可以公然在公車地鐵狂挖鼻垢，能不由衷的從丹田發出輕嘆：能自由自在悠然的尋寶，好幸福喲！

筆者十多年前寫的一篇〈給在車廂挖鼻的大佬〉(見《野外茶話》，香港作家協會出版)，讀了胡彈的大作，我驚覺自己太不合時宜了，當年我說：

> 閒下來的時候，尤其洗澡之後，有時難免用棉花棒挖挖耳朵，或用紙「撩撩」鼻孔。挖鼻孔，無疑極端不雅，甚至醜陋。所以我們多數選擇在私人地方進行。曾經在地鐵裡，見人剪腳甲、挖鼻屎、採耳油，也有西裝友用電鬚刨在剃鬚，有些大佬可能太無聊，就用兩個

「大餅」夾鬚根，還有些情侶，不惜彼此互相揭瘡疤——大剌剌的在擠暗瘡；最離譜的，莫如見到一個麻甩佬，把手指尾變成電鑽，三百六十度的左右上下旋轉，當他挖出了煤炭後，更細心欣賞一番，然後以大拇指使出一指彈功，嚇得坐在對面的我屁股懸空，雙腳橫伸，這姿態，使人想到只有世界頂尖的時裝名模，即使如廁時門突然被打開，也能夠立刻在馬桶上擺出撩人的姿態，拍成出色的「甫士」般。

公開挖鼻孔的威力，簡直比核彈爆破更恐怖！幸好，那些狂野任性視禮教為混吉的搖滾歌手，在演唱會的台上，當着數十萬人面前，吐痰的有之，小便的有之，卻從來沒有當眾狂挖鼻孔、亂彈鼻屎的，否則，情況必定陷入瘋狂。

想搶救世界救地球，各位美麗的女士、英俊的先生們，請不要在公共地方挖鼻孔、剪腳甲、互揭瘡疤諸如此類……

好心有好報，我們已被逼擠在一個小小的車廂，不斷的經由鼻孔，交換着彼此呼吸過的空氣，總算有緣，你總不好意思嚇死一個有心臟病、善良、準時交稅的好市民吧？

我不禁為當年的自己感到「戇居」，如此不懂得自由民主的可貴！「挖摳掏掘」的解放，原來經過革命血的洗禮。

話說「挖鼻禁令」至約翰王時代（King John, 1199-1216），引起公爵貴族的不滿，他們深感自己一心一意支持王室南征北討，王室應該有回報，賜給他們挖鼻的自由。幾經爭取，貴族發揮「團結就是力量」，合力強迫約翰王於一二一五年簽下偉大的「大憲章」（Magna Carta）：

> 盡情挖摳掏掘，諸位尊貴的鼻孔，不論是在公眾市場，抑或在美女的香閨，在城堡的角樓，抑或是在宴會的廳堂；因為今天和我同進同出，在一起挖鼻的朋友，就是我的兄弟手足，情比石堅，永不背叛，執子之手，挖鼻偕老。

如此感天地泣鬼神的宣言，從此貴族王公可以於光天化日之下，月黑風高之時，盡情享受挖鼻之樂。可憐一般農民百姓，仍沒有此種歡娛的自由活動，幾經革命，為「挖鼻解放」而犧牲的起碼有兩位，他們在李察二世（Richard II, 1377-1399）被處決。這樣為爭取當眾挖鼻的豪情戰爭，過了一百七十多年後才得以成功。平民終享有和貴族王公同等的挖鼻權利。

胡彈又說美國憲法也明白准許「所有的人民，不論男

女，都可隨心所欲，伸出小指頭，朝鼻孔大挖特挖，不受任何人的節制。」若然，則我當年又豈可憑一篇胡言亂語，硬要在車廂挖鼻的大佬不可亂彈鼻屎自娛？如此阻擋挖鼻的民主進程與無視摳鼻的革命血跡，又怎能勇敢的面對歷史的真相？

在十二月聖誕來臨的感恩季節，我要誠心感謝那在車廂挖鼻的大佬，感謝他沒有因我歧視的目光而飽我以老拳。大佬，祝福你的「煤礦」長挖長有，輕攏慢捻抹復挑，愈摳愈過癮！如想更上一層樓，領略其中的藝術，不妨加入「國際挖鼻競賽協會」，地址如下：「Eastgate & German, 2431 Stafford Boulevard, Milwaukee」。繳納十美元終生會費，你就可以收到每月報告、全球挖寶活動通知、通信交友欄，並免費參加各項地方性的挖寶活動等。

希望有機會與你成為挖鼻戰友；並祝新年進步，一指彈功百步穿楊，技驚兩岸三地，聲震歐美寰宇。

人間煙火·市井氣及其他

有人說，城市就是這樣，只有「混亂」才能富有生氣。

這話我有同感，皆因我八十年代住在油麻地廟街附近，那裡龍蛇混雜，華燈初上，流鶯就站在唐樓門口搔首弄姿，經過的大叔有些色迷迷，有些腳步疾走，時不時又回頭瞅兩眼；而最吸引我的，該是食肆林立，最令人印象深刻的是地舖一排排矮凳，一張長枱上，擺滿東風螺、蚶、生蠔、賴尿蝦、肉蟹等，琳瑯滿目，煞是好看！光顧的，不乏西裝友，更多是穿着時髦的女士和性感女郎！

唐詩〈夜看揚州市〉描述市井的繁華：「夜市千燈照碧雲，高樓紅袖客紛紛」，那種人間煙火，對我這種市井之徒，絕對吸引！八十年代的廟街入夜車水馬龍，人聲鼎沸，如今隨着攤擋愈來愈少，城市規劃，加上不少流變，昔日的煙火氣，俱往矣！

自新冠肺炎疫情暴發至今近兩年，疫情持續嚴峻，變

種病毒株爆完一隻又一隻，一隻比一隻難纏！政府實施禁聚令又一延再延，夜市沉寂，通常九時後街上已少人行，店舖亦多打烊！事實上，這個疫情令許多人改變了飲食習慣，老朽如今夜晚已幾乎絕跡酒樓飯店，連去連鎖快餐店買外賣都嫌煩；年紀大，吃得也較清淡，是以多在家淥條菜，蒸雞或弄個梅菜蒸肉餅，頂多來個鮑汁炆鵝掌，鮮有煎炸，簡簡單單又一餐。

不過，說起吃，年輕時，愛在街邊篤魚蛋、整串沙嗲魷魚鬚、炸大腸、牛雜、臭豆腐，都令我回味無窮。七十年代，我住北角和富道舊樓，近糖水道有一列大牌檔，晨早有明火白粥、油器腸粉；或來杯奶茶、蛋牛治，記憶中蛋牛治特別噴香、絲襪奶茶又特別清香幼滑；此外，有檔燒臘檔，記憶最深刻的是那檔主劏雞，一大個圓竹籮的雞，捉一隻往頸一刀一抹，未等得及放血就往另一竹籮放，如是者一刀一隻雞，手法快如閃電，及至數十隻雞在竹籮撲撲亂跳至血盡身亡，場面極之悲壯震撼！照道理：君子遠庖廚。可惜當年還是後生小子，並沒有「君子」心態！看得多，也就習以為常！令我常思念的，倒是那白切雞飯特別有雞味！蘸上鼓油薑蔥，舌尖上的高潮一湧而上！如今即使在大酒店食一客幾百元嘅海南雞飯，味道依然不及那用

雞公碗盛的白切雞飯！

七十年代，糖水道那一列大排檔我幾乎日日光顧，那時，從北角步行去大坑新法書院上學，我讀下午班，放學大約六點多吧！回程必到一檔大排檔食牛雜麵，好像一元一碗，時正發育，加上青春騷動，吃完牛雜麵還要去春秧街檀島咖啡買個出爐墨西哥，然後才回家！

迨至八十年代，大專畢業又讀了師範，有張「教師許可證」，我開始日間教書，夜晚在明報當校對。其時，報館凌晨一時左右收工，很多時會與同事到糖水道一間叫「祥記」的大排檔消夜！呢檔嘢利害了！生意火紅到不得了，皆因鑊氣夠，撚手小菜如薑蔥炒蟹、酥炸生蠔、生炒骨、小炒皇，即使炒碟乾炒牛河都香噴十里，令人食慾大振。我特別喜歡看師傅在拋鑊，火光熊熊，呼呼有聲，油光鋥亮加上汗水揮發，市井得盈滿人氣，搵食全靠真本領，生意好到要租用貨車，然後在上面開幾張枱！那是我「暴食江湖」的光輝歲月，年青就是任性，暴食也不過多個肚腩，叼支大雪茄，就可充當大波士，正！根本不當爆飲暴食是一回啥事！如今年過花甲，才得了「三高」，靠食一大堆藥控制，依然沒有刻意戒口，也不至有大毛病，上天總算厚我！

如今，年紀大，依然愛吃，只是未能再不顧後果的暴

食！事實上，也吃不回昔日市井氣，那股令人回味無窮的人間煙火！

那日，無意在一堆舊剪報，看到已故台灣美食評論家韓良露一篇〈烹小鮮如治國〉的文章，登在《中國時報》「三少四壯集」專欄，時維二〇〇六年五月二十一日（她逝於二〇一五年）！往事已如煙，韓良露感嘆，曾經何時，自詡是小吃王國的台灣，吃東西方式如此等而下之，先是免洗筷子到處橫行（別忘了免洗筷子還有化學污染呢！），連一些大餐廳明明還用瓷湯匙、不銹鋼湯匙、刀叉的，竟然不肯多買一副不銹鋼筷子或木筷，偏偏都將集體意識中毒地用着免洗筷子，更可怕的是接着流行起用塑膠匙，用塑膠匙喝熱湯成嗎？會好喝嗎？這是怎樣的飲食文化精神呢？台灣怎麼會變成這樣的？

其實，香港也一樣，疫情下多了外賣，塑膠餐具氾濫成災，嚴重污染環境及海洋生態！政府的「走塑」運動得個講字！韓良露感而慨之：這種對飲食方式麻木，是否和這幾年的社會風氣有關呢？所謂治大國要如烹小鮮，如果老百姓發現治大國亂七八糟，上行下效，烹小鮮也就胡搞非為了。韓大姐因而悟道：小吃精神與文化的淪亡，不可小覷，小吃往往最能反映世道人心，國泰民安才有好的小吃

藝術，世風一壞，人肉包子都會出現。

我這人魯鈍，哪會對小吃有如此深層次的反省！只是感慨世道人心，只懂「搵快錢」，卻連小吃也做不好了，加上偷工減料，食料也沒有以前的上乘和天然，那「古早味道」幸好年青時早已嚐遍，否則真會後悔死了！至於人肉包子是否會出現或已出現，老朽「年紀大、機器壞」，自顧不暇，那管得這許多？走筆至此，倒想起前輩曾敏之曾推許的兩首飲茶詩，其一甚得我心，敬錄如下：

醒來四處小燈殘
徐步茶樓覓早餐
美點排期廚下計
報章如晝夜中看
傾壺痛飲消閒易
為口奔馳度日難
暫得人間平旦氣

曾敏之前輩懷念的是廣州西關的陶陶居茶樓，它的三字招牌，乃出自康有為手筆，百年老店，百年滄桑，中有先烈先哲的史跡，至今仍高掛於陶陶居。前輩於此飲茶，仍

不忘追尋往跡，不忘國家民族多難的歷程。我輩只關心蝦餃是否彈牙，水滾茶靚，那會有如此憂國情懷！如今望風懷想，只想早日通關，也讓老朽到陶陶居緬懷一番！

——稿於十二月二十四日二〇二一年平安夜　野村

都市色相

戀視男

自小性格內向，對異性，從小學到大學，他對女同學都不敢正視；即使唸中學時，由於他是校隊的田徑運動員，跑得快，是個追風少年，有些女同學甚至逗他：喂！又跑第一，為校爭光，莫多言，為何捧校際冠軍盃都不見你開懷大笑？你不如叫莫步行啦，因為你識飛喎！

莫多言只會加快腳步，避開那是學校排球隊隊長，人稱「彈弓女」的小貝的挑逗眼神。説實話，小貝也是學校的風頭躉，笑容甜，腿修長，比他低一年級，唸中三，十五歲，長得比一般同齡的女生高大，莫多言看過她彈起扣殺的英姿，那側面更若凸顯的胸部，短褲包着細緻堅挺的屁股線條，倒也使他騷動的青春，有點生理的衝動！

莫多言把嘴唇靠近小貝的臉龐，由頭髮一直細吻到她的下巴，再深深印在她的雙眼上。唉！莫多言多少次怪責自己沒用。若然自己也如同班上，那叫葉匡時的嘴多多口

花花，見到漂亮的女生都大耍嘴皮，只惹得幾個情竇初開的小女生追着他喊打，葉匡時也乘機博大霧揩揩碰碰，抽抽油水，看在莫多言的眼裡，就是過癮，要是自己也有這樣的膽色，小貝不難追上手，自己又何須對着校刊的「傑出運動員」的相片去細吻心中的女神？想到這裡，他狠狠的摑自己一記耳光：為何自己如此窩囊！莫多言，你配做男人大丈夫嗎？

大學畢業後，莫多言修讀經濟，在銀行找到一份分析股市樓市數據的工作，對於內向的他再適合不過。他依然寡言害羞，對心儀的女同事依然愛在心中口難言。每早，他最愛看電視新聞，眼甘甘的瞪着那面容姣好，上圍豐滿的那個主播——高登討論區那班衰仔都笑說她「波大」，是以他也就特別留意，果然是胸前有料到！他把嘴唇印在電視螢光幕上，眼矇矇的細喊、近乎呻吟：哦！我鍾意呀！來，香一個，他把舌頭伸出來……

莫多言不止一次自責自己「變態」，他有時覺得自己也是「#MeToo」的受害者，怎說呢？小學六年級時，滿臉青春痘的女班主任黃老師，男生欠交功課她都要脫其褲子打屁股，莫多言不只一次敢怒不敢言的受此羞辱，六十年代，學生根本不知投訴為何物，老師體罰，家長甚至叫好。男人老狗，那年他十二歲，正踏入青春期，屁股對全班男女生赤裸裸開放，黃老師用膠間尺打他粉嫩的屁股，全班鴉雀無聲，他只好把這份小時候的羞辱永藏心中。其後，他漸知性，夜裡偶有春夢，卻又不由自主有點莫名的興奮，有一次，他甚至夢見黃老師一臉青春痘在燃燒！

吃着早餐，看法庭新聞，見有「第三次偷女人鞋的戀物男被還柙候判」，他內心笑了：我這「戀視男」有固定戀人，而且還是絕對安全。

男人之苦

朋友傳來一則網上的笑話，洪天龍看後陰陰笑。

笑話說一對老夫妻，大家對距離感到不滿。老妻提醒老夫：以前我們年輕時，你都會握着我的手。老夫猶豫了一下，伸出一雙乾癟且滿是皺紋的手，握住曾令他心跳加速的手。

老妻還是不滿意：以前我們年輕的時候，你都會依偎着我睡。老夫略遲疑，內心嘀咕：老骨頭了，最後幾經掙扎，還是靠着老妻。

女人還是有話說：以前我們年輕時，你會輕咬我耳朵，叫人一身酥麻！

老夫長呼一口氣，掀開被子，急腳離床。

老妻委屈，內心受傷：你去哪？

老夫：拿我的假牙啊！

洪天龍不禁感概時光之箭，快得太無情，人之所以悲

哀，是我們留不住青春，卻依然想擁有一個永遠不老的夢想，尤其是女人。

洪天龍內心不爽。起初，他覺得妻子在床上愈來愈被動，前戲都是他一人主演，妻子連手也懶得動，更不要說深情擁吻了！以前，他的汗臭，女人笑說是「男人味」；婚後三年，妻子已經覺得他稍一出汗也很難受，空氣清新劑滿屋噴，不洗澡不准上床。洪天龍覺得心若沒有棲息的地方，有家，還不是在流浪！他試過中途棄兵，也試過不舉，男人最痛，他有點懷疑自己是否有勃起功能障礙，是否要看醫生或求救於「偉哥」。

然而，一次逢場作興，那歌舞廳的小紅，令他知道自己依然是猛男，昔日雄風應猶在，只是床伴改！男人出軌，有苦，自己啃吧！

氣吞山河，肥死就肥死！

秋意漸濃，過了中秋轉眼就是寒露，一年難得的好日子。杜文深在燈下泡了一壺極尚大紅袍，茶香隨着水蒸氣徐徐散發，呷一口，舌頭回甘；此刻，雖然沒有「兩腋清風起」而興起欲上蓬萊的念頭，夜的寧靜，露台的一盆玉蘭，將開未開的花蕾四五朵，貼面涼風吹來的秋意，叫人精神爽透，他挺一挺胸，輕抒一口氣，吐出兩句詩：最是秋風管閒事，紅他楓葉白人頭！

杜文深六十年代在台大中文系畢業，唸文學卻沒有像一般的同學，從事教學為人師表，他在姑丈的穿針引線下，跟他學做綿紗生意。那時候，香港的紡織產業尚興旺，新蒲崗、觀塘、深水埗一帶有不少針織廠，杜文深便是在台灣採購綿紗再轉售到香港的廠家，好景時，他在觀塘買了兩個工廈單位用作儲貨，算是賺了第一桶金。

往事已如煙了！在台灣經商，有時難免要與商家應酬，

逢場作興，杜文深也上過夜場喝過花酒，他仍記得台式花酒的瘋狂，有個叫「十二連環」的玩意，玩法簡單：青春性感的辣台妹，在客人面前擺放十二隻小酒杯，客人與客人或客人與小妹要鬥快將杯內的酒乾清，期間不可用手碰杯子，乾完這十二杯酒後，酒酣耳熱，情緒高漲，看着台妹擠胸欲裂的肚兜，紅唇鶯聲笑語中，兩團白肉顫抖得像風吹秋林，各人的慾望之火拔升，除了語無倫次，手也變得不規矩了！杜文深的好拍檔周強輕鬆的吐出一口煙：平常像夫子不敢斜視美女的深哥今晚變得太壞！說罷大家轟笑得西歪東倒！杜文深也不示弱：哥，你今夜可要發揮「周」強本色，不要讓小妹恥笑是「銀樣蠟槍頭」唄！於是又一陣騷動的狂笑。

杜文深再呷了一口茶，舌尖回甘，「確是好茶！」他回想前半生的勤奮與風流快活，日子過得總算安穩。不過，他與簡小慧結婚二十年了，小慧是他的第二任妻子，比他小十六歲，當年是他的秘書；如今五十歲，因保養得宜，而且律己甚嚴，所謂「律己」是她的飲食習慣與節制，都跟着體能教練的「營養餐」。是的，俗話說「勤有功」，她是「節有效」，雖說五十歲的徐娘，可皮膚仍滑嫩，而且白得還透亮，如今的化粧品倒真神奇！他曾試過偷偷拿來塗在自己

臉上的老人斑，咦！不知是否心理作用，雖沒消褪，黑斑似乎淺了！

再說，小慧身材姣好，腰部兩側沒有多餘的「拜拜肉」，且長期做健身操，腰圍保持二十三至二十四吋，益發襯托出她上圍的驕人！每次她穿上窄身T恤，杜文深仍禁不住有生理反應。相對他的四十五吋肥肚腩，確實相形見絀。小慧經常揶揄他：再不減肥，和一頭就要上屠房的肥豬有甚麼分別？女人「一白遮三醜，一胖毀所有」，可男人，尤其像你這樣的花甲翁，一胖可是百病叢生啊！我看你再不減肥，高血壓、高脂血症、糖尿病、脂肪肝樣樣來，活得不耐煩了嗎？肚凸顯身醜，再胖毀所有啊，死肥佬！

杜文深陷入深深的回憶中。他這一生根本從未瘦過；簡小慧做他秘書時，也是圓滾滾的臉，君子不重則不威，體重已九十多公斤，突破二百磅，看上去的確很有「質感的肉地」。叼一口大雪茄，確有「大波士」的威儀！

記得有一夜，因訂單多了，小慧也延遲了下班；公司的幾個員工陸續散去，他看見小慧站在梯上整理文件，短裙包得屁股圓滾滾的，翹得曲線玲瓏有致，絲質透明的襯衫有點香水的迷人氣息，黑色蕾絲奶罩透着夜的迷惑，他情不自禁的在她如瀑布的秀髮吹了一口氣……小慧沒有抗

拒，倒是一臉迷茫，星眸半開，把火辣辣的紅唇印在他額上、鼻尖……然後跌坐在他的懷抱裡，嬌羞怯怯地說：我最愛你的肥肚腩，倒在你懷裡，就如停靠在一塊美妙的礁石上！

礁石不冷硬，還美妙？天啊，眼前這秘書，商科畢業，怎麼文學修養比自己還勝一籌？那杯大紅袍茶已涼，杜文深仍啜了一口，冷冷的笑了一聲！他想起一次生日宴客，有一道「客家封肉」，即滷肉。杜文深對食譜向有研究，他知道客家封肉分大、小封。大封是用蹄膀或大塊五花肉滷製，小封就是紅燒肉。封肉的「封」是指烹煮過程不掀鍋蓋，密封食物於容器內，直到爛熟。杜文深在家多是跟小慧吃白灼的雞胸肉，沒一滴油的青菜，這大塊五花封肉一揭盅，噴香四射，他的口涎在喉頭骨骨作響，正當他一箸正要伸過去，小慧大喝一聲：「想死就吃吧！」他舉筷的右手凝在空氣中，來不及縮手，眾賓客轟然笑了，周強搶白：「阿嫂，沒有那麼嚴重吧！偶爾一口，舌尖味蕾來個高潮而已！深哥看來禁肉已久！」

這次的尷尬場面，讓杜文深着實不爽！他知道，他的「美妙的礁石」已不存在！許久已再沒有床上的激情！小慧久矣乎沒有情趣內衣的誘惑，還激情個屁？根本他知道每

次求歡，她都左推右避，不是前晚睡得不好，就是更年期過後要適應，有時更説得叫他內心滴血：怎麼你洗過澡還有汗臭味？媽的，以前這叫「男人味」，如今竟隨歲月老去變成不可忍受的汗臭味？久而久之，他自己也覺得無癮！再熾熱的一道慾火，就如一盆冷水照頭淋！愛情確實會變！他與小慧的婚姻賞味期限已過？杜文深凝視露台那幾朵含苞欲綻的玉蘭，覺得自己活着，漸漸變成一株枯木。

對生活，他覺得有點無奈。肉身死後靈魂還是要吃，活着，日子不過嗎？

這天，杜文深來到街市的肉檔，對着一塊紅亮油滑的五花腩，大喝一聲：老闆，給我切兩斤！

趁小慧回鄉探親，杜文深要在家烹調五花封肉，氣吞山河，不客氣的把自己肥死肥死肥死！

姣不得其時

打從少女時期，黃嫣然身邊不乏少男獻殷勤；當她的一對乳房開始微微凸起，隔壁的李放哥便常借故問她功課，有時說些並不好笑的所謂笑話，乘機摸摸她的一把烏亮長髮。少女心事，反正這李放一臉溫馴，長得也算眉清目秀，總之，大家調笑，彼此追逐拉扯嬉戲，難免有點肢體的接觸，青春騷動，一個稚笑的眼神，都是過癮！

花季少女的歲月很快過去，黃嫣然身邊不乏裙下之臣，可惜激情過後，開花卻未曾結果！她開始不大相信愛情。她的幾個好姊妹，有些沒有她的樣靚身材正，泊到好碼頭，找到好老細照顧的，倒活得派頭十足，住大屋揸 Ben 跑，羨慕死人！

黃嫣然開始留意城中名人，看看有沒有筍盤。她看到一個有頭有面的文化生意人，就是做生意，有錢卻熱愛舞文弄墨，發表政經高論，自命不凡的高夢坤。她自我推薦

說自己曾是內地某大學的校花，當選過最性感啦啦文化評論女郎，自詡文筆了得，知道高夢坤正想參選區議員，她願義務效力。黃嫣然留下手提電話號碼，以一個紅唇代替署名。果然，念念不忘，必有回響！她與高夢坤在一間五星級酒店有了第一次。她相信自己姣得及時，四十多歲的女人仍有成熟的風韻；嫁不入豪門，好歹也要活出彩，眼看大魚就要上釣，那夜她還夢見自己住大屋，出入有司機接送。然而，相交不多久，某天電視新聞說他生意失敗並涉及詐騙，廉署正着手調查！

又姣不得其時！命裡注定靠不了男人！她凝視良久自己曾自殘過的掌紋，想起相士的批注，她苦笑，明天還是要到銀行上班，朝九晚五的數着他人的鈔票！

壯男當自強

萬天成在這家貿易公司做事務員。他二十歲，中三畢業，讀書不成，卻是個運動狂熱者，除了游泳、打籃球、踢足球，還有行山、跑步，總之，沒有一天停下來，近來，放工後又去健身，因此，萬天成練就一身肌肉，本已高大的他，穿起緊身T恤，更感威猛，人又平易近人，陽光得來，愛笑，頗得公司上下鍾意，有位當大老闆秘書的小姐 Rosy 常逗他：大隻仔，幫我買個早餐如何？請埋你食啦！說着趨向前，按了他起脹的手瓜一下，風騷的塞了張紅當當的百元鈔票入他的掌心。

萬天成的心撲撲撲的跳得比日常快，皆因 Rosy 今日穿一件低胸連衣裙，深不可測的乳線直落如天梯，白得閃亮的肌膚彷彿有一道拉力，叫人一頭飛滑下去撞個粉身碎骨也不會後悔！

血氣方剛的萬天成強抑制着生理慾念，他不敢正面的

看眼前這俏嬌娃；一來聽説之前有個採購部經理，就是傳了不該説的話，讚美她如何性感妖媚，一條蜂腰教他午夜夢醒……之後這經理因性騷擾醜聞被辭退了！萬天成對 Rosy 的性幻想，只能是隱藏的秘密。

然而，有一次午後，Rosy 叫他入休息室，當時空無一人，燈光晦暗，Rosy 叫他為她按按肩背，説是與男朋友打網球扭傷了！萬天成仍在忐忑猶豫，Rosy 的玉手一下子撩向他的下體，扯高他的 T 恤瘋狂吻着他的腹肌……

第二天，萬天成打開抽屜，有個信封壓着五張千元大鈔！清秀熟悉的字體寫着一行字：辛苦晒！好服務！一個月後，萬天成離開了這家貿易公司，他把《壯男按摩》的小廣告寄給 Rosy，多謝她令他開竅：做隻好鴨仔，壯男當自強！

如何愛上潘金蓮這淫婦

年輕時方文起是個文青，愛寫情詩，感情特別澎湃，大自然的雨、花、雲、霧、山、海都成為他激情的元素；那時，他也看張愛玲，讀到《紅玫瑰白玫瑰》，女主角王嬌蕊半認真半撒嬌地對她喜歡的男人說：改變主張是女人的權利。方文起不大認同，尤其對待感情，女人不是要三從四德、從一而終嗎？那王嬌蕊性格不是太矛盾嗎？既想做淫婦，又想當好太太，「女人，女人，有不知所謂的權利」，方文起的內心禁不住嘀咕。

其後，方文起愛上他中學時的同班同學張文欣，他把幾句唐詩隨意拼拆改寫，製成書籤送給她：

我雖不是

笑入胡姬酒肆的五陵少年

雨中，隔着黃昏海風

想着妳如蓮花的容顏

此刻，雨如醇酒

我的醉影有妳搖落的一首小令

就憑這小小心思，方文起贏得情竇初開的文欣底芳心。

還記得初約會牽手時，方文起對張文欣經常穿緊身T恤，低腰牛仔褲，總有點怨言：瞧你這樣穿，如此玲瓏浮凸的上圍，被人家「望蝕」晒喇！文欣總是吃吃的笑：車！哪有人像你這樣猴擒的看人！

獨自喝着悶酒的方文起，與張文欣因性格不合離婚了，他想起初拍拖時，文欣有趟穿了件低胸的絲質襯衫，性感得令他霎那衝動，他二話不說，拖住她的手，跑到一間百貨公司，硬要賣件外套給文欣，免她給街上的臭男人「望蝕」晒！此刻想起，剛過四十歲生日的他不禁失笑。

說與張文欣性格不合，那是自己騙自己，結婚十多年，文起自問是個盡責的好丈夫，家用交足，醉心銀行工作，依然愛文藝，只是不但讀詩，也看足本《金瓶梅》這種曾經是禁書的小說。

男人是否真的過了四十而不惑？方文起開始懷疑自己是否了解女人，他狠狠的拍了自己的大腿一下，悟道：張

愛玲說得對啊！改變主張是女人的權利。

對文欣，他太在意她的性感好身材被其他男人「望蝕」，他太刻意，不！太霸道不給太太行性感，也許就是這樣的積壓下來，他發覺文欣有出軌的蛛絲馬跡——那夜，她赴公司的聯歡晚會，回家時已經午夜，有點酒氣，雙頰紅粉花飛，精神有點疲憊仍不脫有種愉悅的嫵媚；她說公司新來的主管頻頻勸酒，推他不過喝多了。方文起口頭叫她洗過澡快睡，內心其實頗不悅；平常妻子總要洗頭才睡，即使偶爾與她去夜街，她也一定要洗頭，情願用乾風機吹乾，新婚時，有時會撒嬌的央他幫她吹。這夜，他感到妻子沒有洗頭，且髮梢明顯有另一隻男人的古龍水味，薄荷且帶點粗獷的奔放味道，他用的那種是有點淡香略帶禪味的……

方文起臨睡，年輕時愛翻幾頁詩集，如今愛翻幾段《金瓶梅》，他愈看愈覺得潘金蓮可愛，世間女子，哪有這麼犯賤的「淫婦」，被西門慶諸多淩辱，被脫得精光，跪着受馬鞭子，還要脅於其淫威：好親親，奴一身骨朵肉兒，都屬了你，隨要甚麼，奴無有不依隨的……每讀到這樣的章節，他實在真心羨慕西門大官人；這種「淫婦」，何以他無緣遇上？

看着看着，方文起有時會追思文欣的姣好身材，有時她特意穿一條性感的丁字內褲，可他卻未能意會，一個不懂情趣的男人，女人應該有權改變主張，他有點意會張愛玲寫女人確有見地，他亦感到自己明明內心有隻淫賤怪獸卻要扮「道德佬」！此時此刻，他恐怕自己這個衛道之士再沒有機會遇到張文欣那樣的女子，更遑論是淫婦潘金蓮！是的，張文起覺得自己的人生起了變化，他已不做文青很久了，他連一行詩也懶得去看，對於那些一味歌頌光明死要政治正確的小說，他完全提不起丁點興趣，看完《金瓶梅》，他要看《肉蒲團》，單是其扉頁題辭，已令他叫絕：小說以勸懲為主，然非風流跌蕩，不能悅觀者之目，非詼浪詼諧，不能解聽者之頤。此書一出，天下無愁人矣。

「多偉大的作家！」文起暗自叫好，人生如寄，來這滾滾紅塵，不是來做個開心快活人？可恨自己不是西門慶，潘金蓮只能是夢中情人，自己的人生也太沒意思了！活過四十歲，他唯一進步是深感女人不壞，男人不愛；男人不壞，女人就要到外面曳曳。像潘金蓮那樣的「淫婦」，真有一種腐敗的甜蜜感，有小說家形容就像發了酵的食品：不潔，卻更為可口。方文起開始悟道，身邊有好幾個好友，老婆去偷食依然可以快樂的生活在一起！太陽每天依舊從東

方升起，而夕陽負着滿天彩霞依舊從西方下沉，世上本無事，庸人自擾之！他——方文起，不就是庸人一個，一錯再錯，像文欣這樣精采的女人，偶爾一次出軌可真是小兒科，自己小家子氣，讓她如風的走了！千錯萬錯只怪自己太沒有男人的器量，活該做孤家寡人。

方文起經常在胡思亂想，翻過幾頁《玉蒲團》，未央生的床上功夫又替代了西門慶，成為他的性偶像，他想：五十歲生日時，即過多十年，機械人的仿真度必更像人類，只想打造一個女機器人潘金蓮送給自己作為生日禮物！這淫婦永不會矯揉造作，任他隨意擺佈，玩得放心，且真正不貪錢！人生有希望，起碼自己不會同一條鹹魚沒有甚麼分別！

這夜，方文起睡得很甜，且春夢連連……

（註：本故事純屬戲作，如有雷同，必屬巧合。）

結語

追憶與蔡詩人共事的點點滴滴

九月六日一早，梅子老總來電：友朋，蔡炎培走了！你們應相識，可否寫幾句！這是多麼傷感的約稿，我已愈「耳順」之年，正邁向「七十而從心所欲，不逾矩」的境界；縱然聽得逆耳之言、詈罵之聲也可一笑置之，然而聽到老朋友去世，內心煞時茫然，難掩神傷！年紀大了，文壇好友走了一個又一個，自己也難免思考「死亡」這人生必經的來時去路！

我試打開蔡詩人前妻朱珺的臉書，但見：「蔡詩人的心臟已停頓了。照詩人生前遺願，一切從簡。日後或舉行基督教悼念儀式。恕 FB 暫停所有回應。」朱珺果然快人快語，難怪一篇訪問詩人八十三歲時的稿如此說：朱珺是集妻子、情人與朋友於一身的女性；兩人即使分開，蔡詩人仍然親暱地喚她璽璽，說她在他最落泊的時候下嫁給他，將最好的留給子女，「我愛她多於世上一切，這句話我只對

璽璽説」。

事實上，彼此雖分開，朱珺説她享受獨居，而兩人依然常有聯絡，打電話甚麼都聊，詩人説：我們雖貌離神合，始終不離文學的基調，直到現在，我們還是很文藝。這裡説的「直到現在」，是指詩人八十三歲時！

我於一九八〇年入明報，那是查良鏞年代，請我做校對的是潘粵生老總，社長是董橋，其後編「明知」版的張君默離職，把我調任該版編輯，做到明報易手，我於一九九〇年離任；蔡詩人一九六六年入職，一直主持兩大版副刊，直至一九九四年離任，一做二十八年！蔡詩人當時可以主宰大權的一欄叫「自由談」，我也投過稿！其餘專欄都是查良鏞約稿，多是名家，如董千里、沙翁（倪匡）、哈公（怪論專家）、亦舒、林燕妮等等。有時蔡詩人心情靚，會拿林燕妮的手稿過來，笑吟吟的説：老施，索一索，香到迷魂！林小姐習慣在稿紙噴上香水，果然名不虛傳！其後有了傳真機，再冇呢隻歌仔唱了！

當年我只見蔡詩人每日勤勞催稿、校稿，一絲不苟，極度聚精會神，他搦一管毛筆，蘸紅墨水，一筆筆勾出錯字、別字，其字體清秀脱俗，我戲稱之為「蔡秀金體」！當年報紙未電腦化，那些稿要在字房執好，一篇一篇經「黑手

黨」(執字粒工友)用油墨掃在白紙上，經該版編輯校對後才經字房工友改正，其後睇「大樣」時再細校！蔡詩人敬業樂業，每天坐在位上凝精會神在閱稿、校稿，一做二十八年如一日，他樂此不疲！畢竟，做明報那兩版副刊，讀者多，且多是知識分子，地位尊崇，查良鏞很看重副刊對報紙銷售的影響，絕對信任蔡詩人的細心校對，儘量避免有錯別字，加上他性格溫和，與每個皇牌作者關係良好，根本無人可代替！

蔡詩人後來兼校對查大俠的武俠小說，據云是大俠見詩人「唔多夠錢使」，有意關照，畀多份「兼職」佢，即係「御用校對」，地位尊崇又進一級也！蔡詩人另一專長，就是寫馬經。當年明報馬經版的「簡老八」就係簡而清，由蔡詩人代筆！詩人舉手之勞，寫得開心過癮又搵多份外快！是以又有「馬經詩人」之譽！

蔡詩人是個沒有甚麼機心的人，待人坦誠率真，一生追求愛的感悟與慰藉！這種慰藉，尋且是精神上的「靈魂伴侶」！我在明報那段日子，報館在英皇道，過一馬路係星島新聞集團，有時半夜收工，會同蔡詩人到北角糖水道街邊大牌擋宵夜，當年有間「祥記」，鑊氣特佳，整幾味撚手小菜，蔡詩人幾罐啤酒下肚，夜街燈下詩興大發之餘，最喜歡

向我大談其情史，如真如幻，我只有羨慕之情！往事如煙，今詩人已矣！多談無謂！詩人的浪漫情史成匹布長，他自己有書表白，而生前亦頗多訪問關乎詩人「愛的宣言」，有興趣的文友，可以上網搜尋欣賞！當知何謂「人生自是有情癡」！

我與蔡詩人是「君子之交」，離開明報後，平時甚少聯絡，皆因自己每日要寫稿為稻粱謀，加上天生疏懶，又不善交際，是以少外出而情願「躺平」。如今退休，不像年輕時拼命兼職，總算可以調配些時間，主持一些康文署舉辦的文學講座之類，一改「獨學無友」的陋習。可惜疫情持續近兩年，連一些作家的活動或聚會也停頓，平時難得一見的文友，就更沒有機會碰上！

我早期蒙黃仲鳴教授之邀，編輯《作家》月刊時，蔡詩人寄來「小詩三首」，時為二〇〇六年，幾經搬屋，這些詩人的手稿，竟然沒有丟掉或遺失，詩人留下數言：

友朋我兄：老母親月前辭世，我能獻給她的，小詩數首而已。便中請為發排，謝謝。七月號《作家》收。蔡

070706

茲錄其一首〈下雨天〉：

今天是五四
下雨天
梧桐樹上的梧桐子
準時果落
堂內潔白的病床
有着不同潔白的日子

老母親的病歷板
寫着隔日洗傷口
兩個時辰更動一次臥姿
鼻喉換上全新一副

有天我也是這裡的病號
現在大好人一個
兒子說，我們請人服侍你
護士小姐無端端追了出來
看了他曖昧的一眼

唉！歲月如流，我再抄讀詩人這首詩時，已經相隔十五年！

還是幾個月前，朱珺來電，說蔡詩人身體好虛弱，曾試過一日來回好幾次的士去聯合醫院，我說，何不請個女傭照顧他！朱珺說個女都有咁諗過，佢死都唔肯！我笑道：請個俏女傭，說不定詩人會改變主意，朱珺大笑。

死生亦大矣！詩人生前活得自由自在，詩酒一生，精神生活愉快無比，笑傲詩壇，此去清風兩袖，一如小思老師說：我們珍惜生，自可毋懼死。賞花於燦爛時，無負春光。蔡詩人的《變種的紅豆》，即使《離鳩譜》，在詩壇引起的迴響，任人評說，想詩人在天國，必也自斟自飲、自吟自唱自得其樂！內地作家王朔有小說《過把癮就死》，詩人一生，赤裸裸展現自我，也不知道過了多少把癮！依我看，無憾矣！

追記於二〇二一年九月十一日

本創文學 58

野外春曉

作　　者：施友朋
策劃編輯：黎漢傑
責任編輯：梁穎琳
封面設計：Zoe Hong
法律顧問：陳煦堂 律師

出　　版：初文出版社有限公司
電郵：manuscriptpublish@gmail.com

印　　刷：陽光印刷製本廠

發　行：香港聯合書刊物流有限公司
香港新界荃灣德士古道 220-248 號
荃灣工業中心 16 樓
電話 (852) 2150-2100 傳真 (852) 2407-3062

臺灣總經銷：貿騰發賣股份有限公司
電話：886-2-82275988 傳真：886-2-82275989
網址：www.namode.com

新加坡總經銷：新文潮出版社私人有限公司
地址：71 Geylang Lorong 23, WPS618 (Level 6), Singapore 388386
電話：(+65) 8896 1946 電郵：contact@trendlitstore.com

版　　次：2022 年 5 月初版
國際書號：978-988-76023-1-6
定　　價：港幣 108 元 新臺幣 330 元

Published and printed in Hong Kong

香港印刷及出版

香港藝術發展局
Hong Kong Arts Development Council 資助

香港藝術發展局全力支持藝術表達
自由，本計劃內容不反映本局意見。